流光季節

丁威仁

自序

　　「李組長眉頭一皺，發現案情並不單純…」

　　就讓這本詩集與所有序文代替我說話吧！愛情是女兒之外對我而言的生命根本，所有的故事都在這本詩集裡，只能說這本書裡的所有詩作都是我的血漬與眼淚，若能夠療癒或感動正在讀它的你們，或許就足夠了。

　　感謝兄弟們與學生的序，當然沒有妳的序，這本詩集就沒有了價值與意義，畢竟這些詩都是紀念與妳曾走過的日子，謝謝妳……

你要我寫序

知名新世代女詩人　王珊珊

你要我寫序，留給我一堆眼淚當參考資料。

我怕這篇序將成為這本詩集裡的唯一贅篇，所以我一辭再辭。回想今年一月，我為你整理詩稿，從你的部落格裡將月曆詩一首一首的剪出，仔細挑選，像是為自己初生的兒女縫製衣服，再一首一首的列印，雖然這樣的雜事在出書的流程上，不算是什麼功勞，但我工夫活倒是做得很細，我常開玩笑地說：「你的詩我全背起來了！你只要給我一句話，我便能告訴你它是出自哪一首詩。」如今，我試了將近一個月，仍無法冷靜地當一個評論者，縱使這些文本我再熟不過。我想，太多的悲傷來自於回憶的敲撞，我想，我讀得懂你的詩，真的，至今仍是，只是讀的手腳發軟，甚至連敲鍵盤的姿勢也遺忘了，然後我好想告訴你我累了、傷了、病了，將稿子一拖再拖……

你要求我放心地寫，來稿必登，並且一字不刪、一句不改。呵呵，你果然不知道，我耽擱倒不是因為擔心你的刪改。好吧，既然是情詩，來談談一個關於愛情的故事吧。

現在是截稿前倒數一個半小時，我提筆。

一‧相識

　　如果，人們大多喜歡悲劇，那大概是來自於感受主角之知其不可為而為，勇敢地情感託付出去。然而劇本裡的其他角色，多半認同不了這樣的勇敢，所以，三分之一的人怒火在眼裡焚燒，以其詩文作為當成火引子；三分之一的人的眼睛比流言寒的刺骨，你看著他的眼神，彷彿自己也要結凍了；剩下三分之一的人則是根本無暇睬理，只把你當成一個故事。

　　當時的我只是純粹的喜歡寫詩，並感激讀得懂我詩的任何人。

　　而我更喜歡讀他的詩，看著他心碎的字句，彷彿自己也痛得那麼清晰。

　　我喜歡文學，喜歡創作，卻不是一個中文系的人，大一的我參加了全校性的作文比賽，只是為了壯膽，卻得了冠軍，我想那大概是評審被雷擊暈了頭，接著意外的認識了他。他說我就是他要找的學生，什麼都不會，單純很好塑造。

　　「什麼都不會！」他說我什麼都不會。我不相信星座，但知道自己是個牡羊座的女孩……然後，我很輕易的被激怒了，發誓要他為他的這句話後悔萬千。

　　我也算是個煞氣的女孩，果真就跟著他學習，他教我所有我應該要讀的書，出題並批改我的答題，罵我兩句之後，要我繼續讀書和答題。他教我寫論文，在我的章節上大大的寫了一個「屁」字，在我完全搞不懂這是什麼鬼的情況下就叫我回家修改。他教我忘記詩，重新學詩，再把我新成的詩作丟在地上說：「如果這是張日郡寫的，我會叫他去跳樓」，然後要我立

刻重寫。他教我只要不忤逆他，照他的方法學習，雖然苦，但
會苦得很振奮。振奮我當時是體會不出來，不過苦真的是苦到
不知道自己在苦什麼，然後他虐待狂也似的笑著對我說：「你
什麼都可以放棄，唯一不能放棄的就是自己。」這些這些，每
每回想起來。都是我至死都感激他的理由。

二・盟約

　　就這樣，大學莫名其妙的也快要畢業了。

　　他告訴我，我詩已經寫得比他好，他已經沒什麼要教我的
了。他告訴我，我論文題目之有創意，我就算上了研究所也不
用太擔心什麼了。而我自己也隱約感覺到，除了他超級看重我
以外，自己也真的好像從頭到腳指頭翻修了一遍。

　　然後，他突然問我未來人生要不要跟他一起過！

　　我從國一以來都有剪報的習慣，把自己喜歡的詩作留下
來，當作是一種寄託。其中我尤其喜歡一個詩人名叫杜洛，我
把他的詩裱在精美的相框裡，不久後這名詩人便銷聲匿跡。此
後我無論身在哪一個寢室的書桌，都珍而重之地擺放著這個相
框，我從不知道他是誰，但每天都幻想著有一天我會要到他的
簽名。這一天，我幫他整理舊作的時候，發現了這首詩，他說
那是他很早以前投稿報社的作品。我問他杜若是誰，他說那是
他很早以前的筆名，還叮嚀我不要宣揚，因為以前詩寫太爛有
點丟人，所以不敢用真名發表！

　　我同意了，我想這就是緣份。

　　他說，作為我隨身攜帶杜若詩整整十二年的回禮，他自即日
起，將每天寫一首詩贈我，最後印成鉛字，名喚「流光季節」。

　　而我以第一志願一般的重視程度，去報考了他碩士班所讀的學校，渴望跟著教過他的師長們學習，也不為什麼，只是想改口叫他一聲學長。是的，我愛了，我也還真是個敢愛也敢追逐理想生活的牡羊女，以至於以為愛情可以更改守陳老舊的規律，而放任了自己的情感，忽略生命正無情地冷眼相看。

　　我以為我是跟一個尊重我生命自主權的男人交往，沒想到他因為自己有重度不安全感，便勒令我每日除了上課那兩三個小時，剩餘時間都得立馬出現在他身邊，然後寸步不准遠離，直到深夜我回到自己的臥房闔眼為止。

　　我以為我是跟一個會保護我的男人交往，沒想到他要我幫忙吸地板的時候，我不准先洗碗；他要我幫他整理書房，我不能順手掃個樓梯。我抱怨了，我說他所有自己做不來的家事我都背起來了，我忙幫得無怨無悔，可是我能不能自己安排時間，我會都做得好好的！他索性發怒，吼叫著說我就是嫌棄他要求我做家事，此後即便我有空，也不准我做任何他的家事，有時我偷偷的幫了忙，誰知才一開頭，他便以我不知道該怎麼形容的臉色，大聲說「我自己來、我來」。我開始覺得我只是被他放在玻璃櫥窗裡的花瓶，對於他的人生以及我的人生，除了裝飾便毫無用處。他也開始對外宣稱他是「妻奴」，導致朋友們覺得我命太好，是的，我的確也算好的有苦難言，母親聽說以後更是日日夜夜打電話給我，責備我懶散，連一點忙都懶得幫。

　　我也以為我是跟一個溫柔敦厚的男人交往，沒想到此人只要一疲累起來，家裡的人狗貓畜、門板碗筷全都遭殃，但是他忘記了，門板碗筷不會留下心理創傷，但是女朋友會。

　　我想在這種狀況下，任何偉大的愛情都會被磨損殆盡，旁人以為我們亦步亦趨是因為感情太好，誰知道女孩因為自己看

不開也想不開，就想變成一片花瓣，從高高的天空墜下。女孩偷偷地看了幾回醫生，也吃了幾回可以偷走女孩情緒的神奇魔藥，也不為什麼，因為女孩珍惜這段感情，就像這麼多年來，她珍惜杜洛的詩一樣。想當然，看病的過程也是亦步亦趨。

三・焚稿

在經過無數次協議分手之後，這次總算是分成功了。

但天知道他竟然以為我提出分手，是因為我另有對象，還從我信箱裡搜出他稱為「情書」的通訊紀錄作為證據，我自己除了一點也不覺得是情書外，這些對話還是在分手之後發生的，看官們您說，我除了囧翻之外還可以怎麼樣？而對於他的指控，我從一開始的悲傷憤怒，進化為諒解，到現在我恢復了我搞笑的本能，這中間，在河堤哭哭啼啼、吼吼叫叫，歷時半年。

我猜這也應該是來自於他的重度不安全感作祟，他懷疑我也罷，這流言也不知道怎麼傳的，傳成一大遍。而他所謂的「真相」，直接讓我的心緒從凌亂變成非常凌亂，再從非常凌亂到HOLD不住的凌亂。我試想，若我真的另有對象，那我現在不是應該要有新男友了？不然我不是虧很大？

我知道我從來不對自己的選擇後悔過，因我一旦選擇了必定用盡全力去追去尋，包括過去的這兩年，我知道我付出了我僅有的心力和時間，儘管現在愛情消失了，但我仍慶幸他讓我知道，我有能力去愛一個人，並且義無反顧。

我碩二了，也開始有了一種該收起眼淚，開始寫碩論的危機感。經過這麼多時間的反芻和思考，我想我是幸運的，不只

我，所有能夠愛人的人都是幸運的，這代表諸神並沒有遺棄他們在愛情的國度。

因此我不會再抱怨，不會再一個人瘋狂的哭，不會再管哪個誰還想怎麼胡說歹說我，因為每個人都有他發洩情緒的方式，我明白，他必須為分手找一個他能接受的理由，而我也懂一個即將溺斃的人，一定必須找一根漂流木狠狠地抓著，直到指尖出血……因此我不再怪他，也不怪命運，更不再怪這段愛情對我的殘酷。半年來，我想我是真的想通了，我願意也決定用我最大的同理心去諒解這一切。我深信知我者會為我心憂，不知我者也只會問我何求。

對於這段感情的反思，我想錯多半在我，他的確是一個溫柔，也願意保護我尊重我的男人。他不願意我做家事，其實是心疼。他無法忍受一刻見不到我，是因為他擔心我無法適應新的環境。他吼叫不是因為他在吼叫，而是他以為他正在上一班有40個學生的課。只是他不懂得表達，而我也不懂得如何與他溝通，才導致今天這個殘局，我相信他真的非常愛我，在這段感情中，他付出的我都看到了，除了感動，更是感激。交往兩年，我不能讓他成為一個「知我者」是我的不足，而分手後這段時間我不斷地問天「他到底想幹嘛？」，因此我也不是個「知他者」。我們都有錯，錯在我們都不懂得如何去愛人，如何被愛。那就一邊反省，一邊感謝，一邊給予最大的尊重和祝福吧。

祝福他知足，祝福他快樂，祝福他越走越美好，祝福他健康和安穩，祝福他有朝氣的面對未來的每一天，祝福他能緊握勇氣去挑戰他的挑戰，祝福他有真誠的笑容去暢述他的每一次成功，祝福他能被愛，也祝福他再次愛人，祝福他走

出傷痛，祝福他看見雲破日出，祝福他所有我能給的祝福。
祝福他。

四・後記

　　走筆至此，故事也說完了，自知行文多半言不及義，彷
彿以前學的寫作技巧都還給老師了，關於這個故事到底是真是
假，其實也不再重要了。
　　請看丁威仁的《流光季節》。

一切都將會很好

作家、樹德科技大學講師　曾志誠

　　接到阿丁的邀約的時候，本打算認認真真地讀完他的新詩集，把我讀到的種種寫成一篇論文——或許可以引用巴赫汀、布希亞、或者任何一個聽起來莫測高深的學者專家的觀點，切入並且解剖這個詩人及其文本。直到我在臉書上看到他寫下的這段話：

> 詮釋詩，讀詩其實是一件蠻恐怖的事情，尤其我的詩很多人都視為本事詩，曾經有論者也說我是「詩的暴露狂」，於是有朋友讀詩會特別想去猜度我詩裡的代名詞是否有具體的指涉對象，甚至有些朋友還會對號入座，或是以自己的想像傳遞成為流言或者謠言，有時或許還會對某些人造成莫名的心靈創傷。的確，我的詩可以說我生活與心情的紀錄，但有許多作品的確沒有指涉任何的對象與事件，常常只是一種哲思，或者是一種對於生活上的聯想與反省，若做了過度詮釋或解讀，甚至於將其演化成一個事件，進一步去找尋所謂的當事者，往往就會造成困擾。

　　的確是這樣沒錯，閱讀永遠是讀者依照自身的經驗，對文本進行幻化、神話或者妖魔化的過程；而透過文本詮釋認識的作者，也就永遠不會是作者自身，更不必說只能透過所謂的「作品評介」來「認識」作者的讀者，會產生多大的扭曲了。

　　透過詮釋詩、讀詩這種過程來理解一個相識近二十年的朋友，那該是多麼荒謬的事啊！雖然我對荒謬的事情一向感興趣，但要荒謬，也得荒謬得有趣，所以我決定，不幹這種無趣的荒謬──倒不如直接談談荒謬的丁威仁，要來得有意思的多。

　　卡繆在《薛西弗斯的神話》裡闡明了「荒謬」（Absurd）這個概念：薛西弗斯是個荒謬的英雄：「無論就他的熱情或他的苦刑來說，他都是個道地的荒謬人物。他對諸神的蔑視，對死亡的仇恨，以及對生命的熱愛，使他贏得這難以形容的報應，這報應使他用盡全力而毫無所成。這就是對塵世的熱愛所必須付出的代價」[1]。我之所以說「荒謬的丁威仁」，指的就是他正在經歷這種推石頭的刑罰，永遠沒有更高的力量對他伸出援手，而這個苦難也永遠沒有休止的一天。

　　幾乎從第一眼看到阿丁的時候，我就確定他是一個正在遭受苦難的人了。1993年，我剛剛轉系到中文系，一百多人的教室裡，即使是厚重的文學史教科書也壓不住青春的躁動之氣；經過一個暑假，幾乎每個人都急於和同學分享這兩個多月的小別經驗。而我才初來乍到這個陌生的環境，自然難以融入，於是就只能默默地坐在教室的最前排座位，默默觀察周圍。這時候，我看到一個小老頭，上半身穿著唐裝，下半身是件皺巴巴

---

[1]　引自卡繆著，張漢良譯，《薛西弗斯的神話》。台北：志文出版社，頁140。

的休閒褲，足蹬著一雙破皮泛白還起了毛邊的涼拖鞋。他從前門走進來，逕直走上了講台，拿起麥克風，向底下鬧烘烘的同學們宣布即將於週末舉行讀書會的消息。顯然，同學們並沒有放太多心思在他身上，台下幾乎沒有回應，於是他轉身把訊息寫在黑板的最左邊，似乎對同學的冷淡回應不縈於懷，從容地走下講台，在我旁邊的空位上坐下。

這下吸引了我的注意了（我總是對這類「異常」的存在特別敏感），藉著轉學生身份做為掩護，我刻意找他問了個問題。一如我所料，這個剛剛看起來從容不迫的小老頭（也就是阿丁，丁威仁）不但很積極而詳細地回覆了我的疑問（其實在我模糊的印象中，那根本就不是個重要的問題），他還表現出異乎尋常的熱情，於是我們下課後，直接前往學校旁邊的一家餐廳繼續閒聊，一聊就聊到了下午四點。

在那場對談中，我非常確定兩件事：第一，這個傢伙，會是個好朋友；第二，不會有多少同儕喜歡他——後來，這些觀點，都一一驗證了。

在一般人面前，阿丁逞強好勝，看起來幾乎是打胎裡帶來了高度的自信和銳氣，因此，在當時，許多人很難想像他有辦法和別人相處，而在他自己，似乎也很難主動和人溝通交往，彷彿有道牆隔在他和人群之間，牆外的人看不到牆裡的人，牆裡的人也催眠自己，以為不需要牆外的人他也可以過得很好。我運氣不錯，敲開了牆上的小門到牆裡作客，這時候，我看到了牆裡的這位小老頭，根本就是個熱情如火的青春鳥，一心想要振翅高飛，而且，他完全不想一個人飛。

不想一個人振翅高飛，卻又特立獨行，這樣的矛盾始終在阿丁的內在不斷激化、衝撞。拿寫詩這件事來說好了。認識阿丁

的時候，他喜歡的是古典詩，而且是韓愈那一路，愈險愈怪，他愈是迷戀。迷戀也就罷了，還不停地寫，寫得無怨無悔。對旁人而言，古典詩早就已經喪失了現實意義，眼見一個年齡和自己相仿，卻如此孜孜不倦於沒有現實意義的古典詩寫作，當然會覺得奇怪，接著，就想尋找一個他們能夠理解的詮釋，這個詮釋，就成了「表現慾強」、「討好教授」之類的流言蜚語。這些流言蜚語，不可能完全傳不到阿丁的耳朵裡，他也不是對這些事毫無感覺，但是傷他更重的，並非同學的誤解，而是找不到和自己意氣相投的人，能夠和他一起完成一些什麼事情，為了療癒這種傷痛，他只能選擇繼續鑽研自己覺得重要的東西。因此，他在其他人人眼中顯得愈來愈奇怪，愈來愈高傲，如此反覆循環。

　　這股彆扭氣，在他開始寫現代詩之後攀上高峰。坦白說，他寫詩真的是天賦，不過這個「天賦」是他辛辛苦苦從老天那兒搶來的。

　　我在轉進中文系之前就開始寫詩了，雖然寫得很認真，但總是缺乏才情，難成大器，唯一讓自己稍稍滿意的，是我善看善讀，同時好為人師。一天下午，打工的咖啡廳幾乎沒有客人，我便坐在門邊的座位上塗塗寫寫。這時候阿丁進來，我到吧台去幫他煮杯咖啡。趁我不在座位上這段時間，他光明正大地偷看我寫的那些鬼東西，臉上帶著「喔～～～～這就叫做『現代詩』啊？？」的那種詭異表情（他可能不知道，我在吧台裡都看到了）。等到我把咖啡端給他的時候，他跟我說他也要寫一首試試看，接下來我們就開始鬼扯，扯些什麼，現在早忘了，總之，跟詩無關。

　　店打烊了以後，我們各自回家，我也沒把他要寫詩這件事放在心上，沒想到第二天，他真的寫好一首詩，而且是長詩，

非常之長，至少五、六十行！取了個「牧歌」之類的題目。我很認真地讀著裡頭的意象：長江大河、塞外邊疆、黃沙落日、風吹草低見牛羊……不得不佩服他的意象構成能力，許多畫面透過他的詩句湧現，甚至還真的有些悲壯氣息。只是，我劈頭第一句話就是：「這些地方你去過嗎？長江黃河跟你有什麼關係？」

　　他應該是沒料到我會問他這個問題，我讀到他臉上的表情，從某種帶著些傲氣的期待瞬間變成疑惑不解，然後很快地，又恢復了自信。當天那首詩，我們並沒有繼續深談，又繼續鬼扯。我想我那個問句一定讓他有點難受，但是同時也非常確定，他一定會再寫的。後來他果然好幾次拿他的作品跟我討論，討論的時間也愈來愈長，大約一個月之後，我的話開始愈來愈少，因為我再也說不出批評的話了。有一次在聊他的詩的時候，他不小心說溜了嘴：原來在那一個月的時間裡，他大概每天寫十幾二十首詩，不斷地嘗試，不斷地重複建立摧毀的過程。我因此有幸，見證了一個詩人的誕生。更有幸的是，因為這層緣分，他把我當成了一輩子的兄弟。

　　或許是現代詩這種比較不受拘束的文體使然，阿丁的詩愈來愈無法定義。原先寫古典詩的時候，那種古色古香的氛圍，他的確可以學得維妙維肖，但總覺得隔了一層，一旦他掌握了現代詩的技巧，似乎他就找到了自由──這就是為什麼有人說他是「詩的暴露狂」的主要原因；就像現在，縱使我和他一個在高雄，一個在台中，各自忙著自己的工作、生活，鮮少有機會促膝長談，但只要讀了他的詩，總是能立刻知道他現在是狂熱地戀愛著，抑或是陷入無可自拔的哀傷中。偏偏這個人，總是喜歡挑戰極限：既然自由，那就要自由到極致，所以在他的作品裡，有千行的長篇鉅構，也有三言兩語的短語為言；有

溫柔敦厚的芳草鮮美，也有尖酸刻薄的屎尿橫飛。但是無論如何，他所有的作品，不管採取哪樣的形式，都離不開自我世界的解構，這是大家都看得見的。

如此廣大的創作疆域、如此大膽的自我解構、幾個可謂「驚世駭俗」的舉措（如自稱詩神），再加上一以貫之的浪漫主義性格（非一般所謂「浪漫」），這一切，催生了「丁威仁」這個符徵的符旨。可是別忘了，索緒爾說過，符徵和符旨之間的關係，其實是一種「任意連結」，其關連性絕非必然。外界對阿丁的認識，比較好聽的說法是「恃才傲物」，比較難聽的說法就是「狂妄自大」了，甚至從這裡派生出許許多多不堪入耳的「批判」。我雖無意責難誤解阿丁的人們，但也不得不為他叫屈。

在阿丁的生活裡，不管是感情還是學術或者是家庭，他總是耗盡心力地經營他的世界，或許因為只懂得用燃燒的方式去愛，而炙傷了不少他愛的人，也引來各式各樣程度不同的衝擊性回饋，這種種的苦痛堆疊又堆疊，無處可去。幸好他是個詩人，寫詩就成為他情感宣洩的唯一出口。阿丁的生命，具體展現在他的詩裡，沒有偽裝，沒有隱瞞，更沒有什麼策略或者算計，一切都只是一個熱情如火的荒謬的人，對這個荒謬的世界發出的宣示，除此之外，別無其他！只要這些宣示不曾間斷，這個荒謬的人對這個世界的熱情也就一日不曾停歇。只要阿丁繼續寫詩，就證明了他的愛繼續燃燒著，即使他自己也因此受著同等級甚至更劇烈的燒灼，他也不在乎——因為這是阿丁存在的證明。

同樣是在《薛西弗斯的神話》裡，卡繆又說：「薛西弗斯是諸神腳下的普羅階級，他權小力微，卻桀驁不馴，他明白自己整個悲慘狀態：在他蹣跚下山的途中，他思量著自己的境

況。這點構成他酷刑的清明狀態，同時也給他加上了勝利的冠冕。」[2]

還有什麼好多說的嗎？

只有一件事：我相信，等幾十年後，阿丁嚥下最後一口氣之前，他會像伊底帕斯一樣，帶著笑說：

「一切都很好。」[3]

---

[2] 同前註，頁141。
[3] 同前註，頁142。又，卡繆在《薛西弗斯的神話》文中以伊底帕斯王的自覺做為「荒謬致勝的秘方」。這句話，就是伊底帕斯王的遺言，全引如下：「縱經如許磨難，吾遲暮之年與崇高之靈魂使我得到一個結論：一切都很好。」

熱情，使我們繼續走……

知名新世代詩人、台灣大學中文系博士生　張日郡

K，你還記得今年四月底南國的天氣嗎？

那天一早，我們從臺中出發，要到南部某高中進行一場詩歌座談會。我是座談人之一，不得不去，而你則是因為當時愛情所給你造成的煩惱陪著出來散心。我握著方向盤開著車，副駕駛座的你望著窗外若有所思。臺中的天氣微陰，使得街道景物彷彿都喪失了時間，也許會是場待下的雨吧？

真是場待下的雨，這是我們事後知道的。

過了環中路，轉上中山高，一路定速開往南部，沒有紅綠燈的高速公路，一開始緊張的心情似乎也平穩了些。一如往常，車上我們聊往事、聊創作、聊未來，經過一個收費站，菸也在我們的嘴上收費，你將車窗下降到最低，讓熱風猛烈地灌了進來，接著你聊到愛情。你開始舉出事例，分析對方也分析自己，直說為什麼這種事情又一再重複？你試著詢問我的想法。太扯了，我說，但事實上我知道自己什麼忙也幫不上，只能在關上窗後，車上的音樂慢慢清晰的這個空間裡，陪著你。

而，蔡小琥正唱著「相愛沒那麼容易」⋯⋯

晴朗的南國啊！到了高中附近，我們隨便吃了點東西，便找家咖啡店坐在戶外耗掉剩餘的時間。我拿出那些高中生青澀的詩作，試著幫他們進行修改，這也是你教我的，將整首裡的贅句刪除，並就其原意、意象進行重新的組裝，使其原本過散或過於直白的文句，得到一種含蓄且可供想像的力量，如此才是詩。

這是詩，還是我們的愛情？

那場座談會的最後，留了十分鐘的時間，由你親自上台示範了改詩的過程，你眼裡散發出來的熱情，一如我當初在大一國文上你的課時一樣，總是充滿活力與笑點。但我知道的是回程車上那個疲憊、對愛情無能所力、無法更改痛苦現況的你。愛情如詩，但許多時候它卻容納不了太多模糊且可供「想像」的空間，我們如何能改動別人愛情裡的一字一句？使其精鍊、永恆？何況，你最終成為的是這段愛情裡的唯一贅句。

K，原諒我有時無法看你的情詩。原諒我是最親近的弟子卻無法看你的情詩，因為我知道太多情詩之外那些真切而發生過的事。

那天，回到臺中已過了晚飯的時間，你說有事得回家一趟，晚點再出來。於是，我在朋友家先休息，空氣中突然有種十分潮濕的情緒，彷彿是下了一整天的雨，家裡靠近自己的那一面牆壁，也不自覺地滲出雨水來的感覺，而我也不自覺地流下淚來，我想起父母的愛情，你的，以及我自己的。在等你來

接我的那段時間，我懂了自己的孤獨，因為它在我洗臉的那一刹那，鏡中與我交換過眼神。

為什麼這種事總是一再重複？

我始終不曉得答案。記得你曾說過，你需要非常強烈的愛情才能存活，愛情是你此生最重要的熱情來源、得以燃燒的依據。但這近十年的相處，我仍舊覺得你在愛情裡十分孤獨且無法獨處。我也一度相信，你的愛就如同法布爾描述雄螳螂的那樣——即使丟了頭、沒了頸背，還在為愛情做貢獻，愛情使他堅持到連腹部都被吃掉時才放棄擁抱——愛情，似乎就是某種犧牲的隱喻，那確實是相當動人的。

但往往總是另一個人先放棄擁抱。是因為我們的孤獨，造成我們想要追求某種情感的永恆？還是我們始終追求永恆、探問永恆，才使得孤獨越發強烈？使得真實的情感反而容易受到誤解，更弔詭的，似乎變成「愛情」將彼此推得更遠。無論如何，我們都不知道為什麼，然後跟著日子一直走下去，並渴望自己成為更好的人，遇見下一個可以彼此犧牲的對象，或許就能釋然過去那個殘破的自己。

從贅句修成詩句。

K，是什麼讓你願意走下去？是什麼讓我們願意走下去？我們用詩句鋪好的棧道，真的可以通往夢的理想的那一方嗎？不必猜，你也會說是的！並且補上一句「還有熱情！」我們各

自都很孤單，但我們也不孤單，因為時間體內原有一種使人趨
向堅強的力量，那是友誼之所以存在的理由吧。

　　現在是九月。而今天天氣晴。

每個人都是一座小小的海灣
——序丁威仁詩集《流光季節》

後中生代知名詩人　李長青

今夜月明

而星稀，東森新聞轉

八大綜合前

信手翻讀愛默森

恍恍然間，愛氏曉吾

以沉沉低語，謂曰：

「每個人都是一座

　　小小的海灣。」

妙哉此言，小小的海灣

魔幻寫實了小小之浪湍

遂憶及吾友

威仁君也，為了愛

夢一生，意欲窮變態於毫端

合情調於紙上

如歌，如泣，如流光

四季，如一天到晚游泳的

魚，歲寒矣

然後知松柏之後凋也

抑鬱白雪，意欲陽春

召我以煙景

大塊假我以文章

愛氏循吾密語之喃喃

輕輕淺淺，彷若路上行人

欲斷魂，竟發細語微聲

和曰：「夫情者，萬物之逆旅。

　　　　　愛者，百代之過客。」

如是我聞

每個人都是一座小小的

海灣，進退盈縮

與時變化，象形，指事

會意形聲，轉注假借了

情愛之波濤

難為水，聲聲慢

彷若Hebe獨自出輯，抱頭，主打

以田馥甄之名，繞梁欄

三日不絕：寂寞寂寞就好⋯⋯

註：
1. 「每個人都是一座小小的海灣」出自《愛默森文選》。
2. 〈為了愛夢一生〉，歌名，王傑唱。
3. 「窮變態於毫端，合情調於紙上」出自唐朝孫過庭《書譜》。
4. 〈一天到晚游泳的魚〉，歌名，張雨生唱。
5. 「歲寒然後知松柏之後凋也」出自《論語》。
6. 「陽春召我以煙景，大塊假我以文章」出自李白〈春夜宴桃李園序〉；「萬物之逆旅」與「百代之過客」此十字，亦同。
7. 「路上行人欲斷魂」出自杜牧〈清明〉。
8. 史記：「進退盈縮，與時變化，聖人之常道也」。
9. 〈聲聲慢〉，李清照詞；〈聲聲慢〉亦為歌名，鄧福如唱。
10. 〈寂寞寂寞就好〉，歌名，田馥甄（Hebe）唱。

序之序及序其他

新竹教育大學中文系兼任講師　張至廷

　　丁威仁詩集的序，有兩項特點，以前如此，以後我想也大概如此。

　　如此一：丁威仁的詩集不找名家作序跋背書，但他喜歡蒐集序跋。上個世紀他出了一本詩集，在寫作路上也許還不太定型；本書則是他本世紀出版的第三本詩集，相隔年近，自是他中年奠基之作。《新特洛依》只有自序，但搞了四篇長跋；《實驗的日常》，很好，竟弄了十篇序；本書呢？我當然還沒看到出版的成品，但料想情況差不多。這些序跋者，多半就是丁威仁的當面交遊，有他的朋友，也有他的學生，這中間只有極少數人名著於文壇，其大半是丁威仁文學私交的、非文壇、準文壇中人。換言之，丁威仁喜歡那些彼此參與生活、愛好文學而名不見經傳的朋友、學生們來見證他的詩集出版。這些「大多數」的序跋者，沒有名氣、沒有地位，甚至還有初學沒幾年的小伙子，要說「公信力」是談不上的，也不可能產生有力的推介效果。但丁威仁本就不要什麼「公信力」，他明明只是喜歡藉題與他的生活文友們共同從事些個文學活動。所以丁威仁詩集的序不必名家做保，但你可以相信丁威仁與他詩集的序跋者都是誼如一家。

　　如此二：「序」這種東西當然沒有什麼太嚴格的格式、內容規定，但總要介紹介紹作者文歷、書本文章特色吧。丁威仁詩集的序不用，他當然喜歡人家好好評論他的詩，但是前面說了，丁威仁出詩集還連帶一個與朋友同樂的目的，同樂嘛，樂嘛，有些熟朋友還真不願給他一篇正正經經的序，因為丁威仁自己也總是愛玩。所以說，丁威仁詩集的邀序，常常演化成討罵捱損，朋友們很樂意公然抱怨他平日的亂七八糟，並刊刻永垂。這樣也好，這個遭致諸多抱怨的人也就顯得比較活生生了。然且這樣也好，丁威仁所有詩集內作品一概是鐫印他生活中的血淋淋，詩化的丁威仁是個悲慘人物，我想就是因為如此，他的朋友們不自覺地在他的詩集序裡另外刻出了丁威仁成為一個頗富喜感的癡人、喜角。但，這也一點不假。

　　以上是序序丁威仁詩集序的序，以下序序他自號的「詩神」。丁威仁自大，很重要的原因是因為他太努力了，熟朋友間，比一比單項才氣，丁威仁不見得都能穩拿第一，但看是治學、創作所付出的精神、時間，認識的人中，大概只會有極極少數人敢說不輸他吧。一個人經過長期的奮力，久來路中總會不時見到成果而自欣喜，這很正常。他只是忍不住而已。「詩神」之自稱，當然不會沒有這種自矜的成分，但其實還有更重要的意義，在這裡我就引一段拙文，隨手的筆記，略張其貌：

　　「詩神」，意思好像是寫詩具有神力的詩者，不過神力究竟是什麼我也不明白，無可說。只以我片面的看法來說，丁威仁就是個好發詩語的人，他也有強悍的學術語言，學術、教育就是他的理想和工作。但是他用寫詩來生活，否則他早乾

死。寫詩，只有一小部分是他的工作，卻是他生活的全部。他也並非沒有爛詩，從古到今，一堆。好詩也很多，他不一定在乎寫出來的詩一定是好，就像生活當中有些是好、有些不好。他大量寫詩，從而寫詩翻鈔生活、思考與試探未知，然後寫詩反省生活、淫靡生活的能力越來越強，表達也更容易精確、快速了，這是他要求自己學生大量寫詩的根據。丁威仁是用寫詩來串構出他的精神的整個面的，抽掉了寫詩，他不知道自己要怎麼生活下去。詩，就是他的精神面，全部。若只依照我的看法，用白話來說，所謂「詩神」，就是「詩，其神也。」（最好這是白話啦>"<）（2012.05.14）

好了，我序這樣就好了，與丁威仁相識十五年，也是他談學論文的好友，可誌之事當然很多，說也不盡，不如留餘。至於序了半天，也沒評介一下本書，根據上述「如此二」，我是有些躲懶，兼故意，反正丁威仁拿我沒辦法。再者，我想其他的序也當會提及本詩集作品，就算沒有，直接讀詩，也是正路。（月亮二毛六便士，2012.09.08）

目次

輯一：萌芽——「春季‧三月至五月」

輯二：育成——「夏季・六月至八月」

夾目

輯三：早熟——「秋季・九月至十一月」

輯四：凋萎——「冬季・十二月至二月」

夾目

輯一：萌芽
——「春季・三月至五月」

時近三月

妳說，月光是天空的燈景
也是渴愛的搖籃

時近三月
無風的城市裡
櫻樹的姿態，像一則承諾永恆的
隱喻，而妳的肖像
成為夢中的浮雕

妳是藍色的天使
持續著一點點共振的憂鬱
就如預知未來的吟遊者

或是女占卜者
在霓虹恣虐的都市裡
持續發光

妳是綠色的風景
我原是旅人，流亡於森林與海
的邊界，卻失去可以悲傷的
勇氣，因為孤獨

時已三月
空城揚起了微笑的風⋯

三月的城

我發現了光，在漫長的甬道底部

黑暗，引領我，找尋一個

通往沒有暴雨的樂園

而一隻隻深夜

鳴叫的蟬

敘述著一個個美麗的

童話，卻

無法形成白晝的詩

遠方，沙漠裡的仙人掌

正唱著孤單的歌

焚風

一旦掠過荒原

就形成了

褐色的密室

吟遊詩人吹著長笛，每個連續

的音符，在不連續的岩層
與砂礫玩起捉迷藏
我知道，時間不能倒轉
空屋裡的想像
早已黏在蛛網裡
無法自拔

我發現了光，就在洞穴的後方
黑暗變成靜謐的空氣
蝙蝠的雙眼
總在背後窺視
一切已然沉默的
背影

三月的城，是箇擁有秘密的禁地…

三月的海

有一艘船，垂吊在三月的海
陽光鋪上一點點金黃的
色澤，我們趁著嬉戲
收割了，彼此喧鬧的聲響

一本厚重的日記，更像三月的
海
每一個落款的墨漬
都是堅定的岩石
如同我的眼睛

與吻
所以，我迷戀三月的海
把每一首初稿
沉睡，變成妳的行李
停在左岸的
船，被風
纏住了桅杆

而三月的海，需要一些乾燥的鐘聲，
與霧⋯

琴聲‧三月

焦躁
像墓碑上
一朵凋萎的
花

一座臥佛
躺在
山巒夾層的
溫室中
微笑

懸空的雲朵
像臉

被遺忘的碎石
從岩壁
剝離

妳，或者我
撐起黃傘
想留住
春雨
而課後的鐘聲
變得慌亂

於是我寫下一首
可以負重的詩
於三月的
河岸
註解一句難懂
的隱喻

時間穿梭在昏黃的霧色
琴聲猶如水

三月的適合

三月適合寂寞
適合整理空屋的孤單
適合長出一些白髮
適合尋找一個個療傷的部首
然後帶著陳舊的背包
把自己變成落石

三月不適合獨自看海
地圖上的雷聲
在凌晨，被沖進洗手台的漩渦
我的名字適合變老
妳卻將臉孔翻身
像是無法書寫的幾行詩句

而三月適合背叛。

適合吐一口煙圈於天冷之前
適合交纏彼此的肢體
滲出一些水的意象
於是，我坐在三月吐出的一節車廂
變成一個電話號碼

而三月不適合專情。

適合於凌晨，花朵尚未結霜的時刻
接起並不陌生的來電
講著懸疑的對白
迷失在適合宿醉的
街口

而三月最適合雨聲
與小提琴

孩子‧三月

孩子笑了，在被窩形成的海域裡
像一條自由的小魚
喜愛探險
於水草與暗礁的
空隙，想像天空的星星
是月亮媽媽的耳環
以及項鍊

孩子笑了，沙漠或者極地
都有小小的足跡

那並不懸疑，因為夢境的天使
會牽起她的小手搖籃
搭成一座彩虹
繪製的橋

孩子睡了，三月的低溫並不
寒冷，淺淺的打呼聲中
我聽見，酒窩裡藏著
快快長大的心跳…

三月，微冷

我讀取了妳的憤怒，把晴天
種成雨日，彷彿
沉默屬於微冷的三月

煙圈漂流的曲線
在湖畔的隱喻中演化，我朝聖的
背影，於柳樹與微風的
悄悄話裡
繁殖出無法節錄的

詩句

如果，海鷗的翅膀染上
雲的顏色
會飛得更遠

有時，這個城市怕冷
連蒲公英都放棄
飛翔…

散文詩：
妳是屬於三月的詩

　　妳就是詩，一首屬於四季的詩。

　　曾經我終日惶惶，以文字創造憤恨與寂寞，有時躺在榕樹之下，把命運交給機率，縱使凍傷，也想像自己是個時間的縮圖，於乾燥的鐵軌，總是誤點。

　　妳就是詩，一首安靜卻背海的季風。

　　而我是赤道，在炎熱的氣溫下，曬傷我們僅有的細膩，原來三月有點模糊，也有些廣闊，每一條崎嶇的路面，都被我們走成長長的詩句，走進我的影子，走進你的口袋，走進我們相視微笑的眼瞳。

　　妳就是詩，一首渡口與夕照奏鳴的小詩

蛻變‧三月
──致全新的自己

還有一點餘味躲在妳的
衣櫥，像一隻咬住不放的
獸，我已將密室開放
想稀釋，憤恨的
溫差

我們的天空已經隔離
妳是遺民
而我卻是一盞未曾熄滅的
燈，在新的燈芯裡
演示自轉的光

我終將餘味逐出
逐出，這一座飛翔之城

妳的禁地
而後我將裸身為完美的
神

這即是蛻變
從繭中孵化一對翅膀
於新建的空城裡
跳自在的
舞

三月迄今
我已擁有一枚四葉裝飾的
幸運草…

三月，我經常寫詩

三月，我經常寫詩。

當我抵達妳心內的
空城，不會是一個渡假
的旅客

雖然天空充滿著難解的
雲，以及謎題
我仍會變成海拔
最高的
一朵鴿子

在天空盛開一對白色的翅膀

然後迎風
迎著穿起羽衣的月光
迎向午夜的
冒險

三月，我經常寫詩。

沸騰的霓虹
總在都市的角落出沒
而我卻緊抓著
妳的影子
落腳

在街道中央自由地加速飛翔

然後背風
背著一點點寂寞的月光
背向後頭的
黑暗

而三月，我是妳將完成的
一首樂府古詩…

三月的真理
──再致全新的自己

我刪去那些過期的
日子，連憤恨
也成為資源
回收

落地窗前
每一棵樹都有自尊的
姿態，連街燈
都亮起
一盞盞真理

每部電影都是傷逝
情歌在門後
徘徊，我刻意讓蝴蝶
啣走六年的敘事，褪去

記憶裡
各種顏色

而探險繼續
我讀取一顆全新的隨身
硬碟，剪去白髮
寫著微笑的
詩

凝結的氣溫終於
解凍
在三月的狂想中
眼淚被一雙溫暖的手心
一滴滴
偷偷拾起…

這就是三月

忽然，我潛入了最深的水底
以鼓聲的節奏
舉起一個垂懸的高度
在岩漿崩塌之前
海洋，被我們拉出了摺痕
那道光
就在洞穴的出口
凝固

僅僅一次地球自轉的時間
回聲
黏著一點點影子
以及蟬鳴

玫瑰色的蠟燭，劃出一道潮濕
的弧線，火
旁若無人地裸身成　雨
這就是三月

然後，我跌入最深的水底
珊瑚的腳印
踏過憂鬱的枯枝
而濃霧鑲在灰色的雲朵
於洪水氾濫之前
妳的瞳孔，竟懸起了一幅
遼闊的狂草

散文詩：三月的受難日

我正在朗誦妳的詩，楓葉墜下的幅度，像是詩句的節奏，據說，妳常穿的百褶長裙裡，覆蓋著流浪的意象，安定變成一種即興的節奏，而我需要一個落腳處，在妳的詩裡。

終於，我爬上妳長句的陡坡，而強風總是從北方來襲，陰濕的地窖內，埋藏著我們各自的記憶，那些碎石般的口沫，卻像一道湍急的水瀑，想阻隔兩雙堅定的眼神。

清晨，我們並肩坐在城門綠園的長椅，恍若處身於古堡中庭，霓虹熄滅後的靜寂，剩下一點足以取暖的溫差，護城河瞬間變成了通向童年的

時光隧道，妳回憶的門扉裡，還有些什麼構圖⋯

　　受難日，我似乎看見嬰孩的妳，正焦慮地大
聲哭泣，遠方山脊上的烈日，在天色的幽茫中，
蜿蜒出一面紅色的高牆，而我卻佇立在破曉前的
雲朵裡，從幽微的縫隙中窺視妳成長的秘密。

　　我正朗誦妳的詩句，就像站在橋墩那頭張望
妳的足跡，或者背影，而河岸的流水卻苦追不到
妳的隱喻，我仍是需要一個安定的落點，於妳詩
中的標點，或者斷句。

　　三月受難日，她度過了難產的苦劫，卻遺留
了循環不已的陣痛給妳⋯

三月・最後的詩句

我誤闖進妳的三月
莽撞地
卻像細膩的
燭火
搖晃變成了一種
堅定的姿態

我想像著
妳出生時的第一聲
啼哭
應該是一首將被長髮覆蓋的
詩，或者
像是一塊透光的彩色

玻璃
讓我想在窗前
聽雨
且聽妳手指彈奏的
初春，或者夏季

三月的最後一行詩句
連呼吸都充滿
音韻
我想為妳書寫一本詩經
始於四月的
蟬鳴

三月的宵禁誓約

我們並不懂得宵禁嘴邊傷人的
字句，再過一會兒，存錢筒裡的
時間即將孵化，我想以催眠的幻術
把妳眼底的白髮染黑
至下一箇經年，窗臺的桐花
會更加清香

妳的琴音像是瓶中的雨
我來敲門，也敲碎一點雨聲
每個紀念齟齬的日子
都在階梯上跌成一張張模糊的臉
而我卻願成為妳掌心的
紅色舍利

宵禁的文法停在妳的嘴邊
像一朵飛白的蓮
今夜，我綁起向妳起誓的繃帶
於曲折的小腹

與傾頹斑駁的背脊
召喚黎明

我來叩門，叩出一點點雨聲
每個紀念孤獨的日子
都有一隻受傷的貓，躺在路旁舔舔
流血的鄉愁
而妳把誓約晾在雨後的天台
盼望我的署名

存錢筒裡的時間已然孵化
許多言語逃走
只有這首詩被我摺成一束混搭的
玫瑰，以三世的因果
打了個結
繞過我們初識時發光的
容顏

苦行‧三月

若一株野櫻提早盛放
東風將以告解的
姿態，祈求一條通向天堂的捷徑
雖然這兒已成荒日
露臺的天光依舊習慣
被鳥聲喚醒

妳以累月沉積無解的經年
北迴的青春卻在
一段艱險的山路脫軌
失控，像一朵遺失花語的玫瑰

只能褪色

（一旦進入荒冷的小路
　苦行成為必然的孤絕）

花季走了
空氣裡充滿雪的味道
妳說那是白色慕斯
寂寞地漂浮在一塊隨時裂解的
敗絮之上，隨時準備
融化…

三月的代詞

三月逐漸成熟
童年時光的彈珠變成車燈
一堆廢紙、一首舊作、一張塗鴉的便條
都需要面對時間的勇氣
在一個遠離教堂的
傍晚，妳的言語帶有苦味
於疾駛的心跳聲裡溢出
牽掛的頻率

這時，我必須安靜地扶住秒針

起身把縐掉的日子熨平

盛開風中的晚櫻

主張以一些靜謐，換一點寂寞的憤怒

於我們藉酒澆愁之後

愛不是動詞，而是兩個舌尖碰撞

之前的

代詞

三月霧中‧行車

恐懼，在路面打滑
推不開的霧裡，過了彎道
就是天堂
我們只能像蝸牛慢行
減速錯過的青春
和撲面而來的近光燈比一個
苦笑的
手勢

而後變成水墨的留白
山中的　孤舟

我為三月寫一首詩

我為寫一首詩所苦
關於愛的字根
總是繁複且容易變形
就像一隻以尖喙不斷叩樹的鳥
並不知道樹的痛楚
而我也不懂妳的髮色

我為寫一首詩所喜
語言是表達愛的
容器，雖然每一個字都有
枯萎的年齡
就像晴朗過後或許有雨

但月光仍是真理
我為寫一首詩所困
時間好亂
偌大的空屋好餓
窗臺上一隻野貓弓起褐色的
背脊，找尋遠方的飯香
而妳已把愛摺成晚間
的餐巾

我為寫一首詩
變成妳初生時的一抹
晚霞

為一首三月的詩

為一首詩，我想像以手蜿蜒於妳長髮的山道
眼睛是藍光的霧燈
最好捧起暮色
站在背對著海的崖邊
剝落雲朵，找一個迎風的角度
把想要躲開黑夜的太陽
捉住，只為了一首詩
我踩住磨蹭鞋底的砂礫
與妳筆下的隱喻一同狂歡

然後登入一座漆黑的
部落營地
寫一行早熟的詩句
像蝙蝠的瞳
於洞穴出口盯住模糊的腳步
只為了找一首被柴火
點亮的情詩

就像一隻飢餓的獵鷹。

四月・第一首詩

四月的第一首詩
上演了一則齟齬之後的
愛情物語

我的憤怒像鐵道上輾過的
噪音，而妳卻變成
一隻野貓
舔食絕望的眼淚

失控的列車
停不住，玻璃以外的

景深，每一片奔馳的夜色
都被晚風磨損
堅定的巖石，碎成
暴雨

這是四月的第一首
情詩，紀念了
平交道上第一起
愛釀成的
車災

四月的顏色

黑色的瞳孔，黑色的音階
黑色的空房間，黑色的溫度計
黑色的我，黑色的菸

白色的背包，白色的聲符
白色的蜘蛛網，白色的乾油漆
白色的妳，白色的痛

灰色的磚牆，灰色的時間
灰色的藏書票，灰色的黑膠盤
灰色的我，灰色的妳

灰色的流沙，灰色的海洋

灰色的無所謂，灰色的不自然
灰色的夢，灰色的妳

白色的幸福，白色的悲傷
白色的積雨雲，白色的冷空氣
白色的髮，白色的我

黑色的洞穴，黑色的藤蔓
黑色的懸崖邊，黑色的童話書
黑色的妳，黑色的我

四月還躲在調色盤裡等著
我們編曲⋯

散文詩：時已四月

　　三月的盡頭，不該是寂寞的開始。

　　妳害怕我無意識的震怒，像一杯嗆人的烈酒，總是把憤恨鎖在喉間，燒灼食道，就如同放一把火在無人看管的街頭，瞬間就引起一場純粹的暴動，從十字路口向廣場集中，熾熱的柏油路面糾纏了各種腳印，以及傷人的口沫。

　　四月的起點，不該是寬容的結束。

　　我們牽手，我們承諾，我們齟齬，我們冷戰，我們仍在躲避時間的追緝，擔心惡魔的雙手勒住命運。於是，他們繼續扯謊，繼

續散播腐敗的病菌，繼續以客觀的角度催眠
自己。

　　二月的記憶，不該成為沉重的行李。

　　她吞沒我接近六年的存在價值，咬住我
背上的翅膀，使我從灰黑色的積雨雲中跌、
落、地、面。而妳卻伸出雙手，接住我繁複
的年輪，讓我像孩子一樣放聲大哭，賴在溫
暖的胸口，傾聽子宮的心跳。

　　時已四月，我像是工蜂依舊忙碌，採蜜
或是築巢…

四月‧彼方

四月的候鳥
像是長了翅膀的陽光
飛越了三月的
海

微寒的四月
夜色分娩出溫柔的光暈
繼續施工的高樓裡
三月的霓虹失去了鑰匙

無法開啟四月的
門鎖

而四月卻保管著
三月未完的
夢

他們說，世界的盡頭
在遙遠的彼方…

四月湖畔

我撿起踩過草原的腳印
每一步
都藏匿著悲傷的
記憶，以及積欠的
所有背影

世界太小
芭蕉葉卻又過大
聽一首情歌，不如在空城
聽雨，或者聽風
聽妳的唇語

一把小傘，遮不住一整個雨季
我押著屬於詩經的
韻腳
在四月的螢火中
把那些記憶裡的憤怒
寄給
泛白的天光

然後，像是一隻落單的鷗鳥
用翅膀拍打屋脊
遠山
則藍得有如
一朵朵變化無常的
雲

轉過一個被湖掩蓋的彎道
才發現
天空變成一床暖被
輕輕唧著
每一道被風聲打擾的
漣漪，以及我們
交疊的雙手

世界太小
我的詩句卻寫得太長⋯

四月的胎記

我們躲在騎樓裡躲雨
綁架了路燈
微弱的光

雨點如同謠言般流行
偶爾也像把剃刀
想刮除舌頭的
味覺

誰都想唱一首報復的
歌，我點了
一支黑色的大衛
在冰冷的街道，期待妳
雙唇的熱

而四月的雨，像是
尚未完成的廣告文案
或是，被敲碎的空屋鈴響
忘了帶傘的
我們，也忘了淋雨是自戀的
一種告白

此刻，我的指尖在鍵盤上
趕一首詩句的岔路
落地窗外
路燈變成四月專屬的
胎記…

古典的四月

轉頭。我發現妳古典的微笑
還落在椅背，微溫。

迴廊像一條褐色的鐵道
池底的鯉魚，總是
容易受到驚嚇
而窗外的絃聲斷續
篩出傍晚的霧氣

轉身。我穿越妳古典的靈魂
看見遠方的炊煙，變成
白色的河流，睢鳩
仰起了頭

妳總悄悄更衣

於抽象的屏風之後，掀開
一則輕盈的祕密
把我的眼神鎖在最底層
的衣匣，害怕夜的
叛亂

轉念。我捲起古典的左手半袖
枕邊的荷花，半開。

當妳握著船槳，向北方
擺渡，風城裡的一座小石屋
也還點亮著一盞燭火
掠過我們腳底的
新繭…

我們在四月懸空

我們都在時間裡懸空
攤開晚報，只聽見一堆憤怒的
聲響，如同破損的玻璃碎片
老人把自己坐成一枚黃昏
棋盤上無言的戰爭
持續進行，而我卻假裝壯烈
漫遊在妳的江湖

於是，我學會躺在黑暗裡猜忌
清晨的光
或者從妳防波的堤岸
引進暴雨及山洪
在一次崩塌與重建的開場
之後，我們繼續在
時間裡懸空

有人隨意扔棄一封病歷
或是未領的掛號
有人突然嘔吐於公園長椅，或是
抱著空罐，喃喃自語
而我們緊握著彼此的眼神
與聽力，緩緩從自虐
的洞穴爬出
然後咳出一個血色的
落日

妳應可了解
我剃了新髮且還了記憶的
俗，就在四月…

四月‧近體

汝屏住呼吸，安靜地
觀察吾文火煮字，想像
那不見人的空山裡
是否還飄著細雨
於是乎，吾把頭顱安在一個句子的
開端，向汝的孤獨致敬
而紅泥新砌的小爐，變成
我倆撲火的見證

四月的岩泉比三月穩定
破土的剎那，汝猶一朵多刺的
玫瑰，從河床坦白了花香
吾卻滯於彼岸
握住深邃的鐘聲如水
如一片新葉
亦如妳微微汗漬的
掌心

於是，我以霓虹鎖住背影
成為一座荒島

妳忘記撿起樓梯上的
鞋聲，我卻記得收集我們
重疊的腳印
於流星雨紛紛開且落
之前

而汝猶一朵易碎的玫瑰
被歲月咬緊的花苞
似乎必須盛放在太陽照耀的
天空，隨風蔓延
至一個無涯的定點，變成
一首晚唐的近體

終於，在一壺新醅的酒裡
我們的故事記敘
顛簸而行，汝帶著年輪的軌跡
伴吾文火煮字
直到某年，我輕拍著幾近
中年的額頭
執子微冷的手…

四月的單體

單體
與另一個想像的單體
在一張充滿腳印的
廣告紙裡
組成了樂隊
以隨時可解散的姿態與喧囂
起義
反正我們住在
烏托邦
住在不賣遮陽帽的城市

炎夏的熱
過早洩露溫度的標高
單體
如果懷孕
就像法國麵包的夾層裡
有一片火腿

與乳酪

四月的兩個單體
有點世故
就好像早報裡裹住的
油條
或是一邊抽菸
一邊感歎菸害與汙染的
婚配關係

四月的兩個單體
黑鍵
交互著
白鍵
循環對流的高標聲符
於低頻的承諾中
學習調音

四月的地球轉圈

親愛的，我是妳的地球
在自轉的距離裡
嬉戲彼此壓抑的那種史詩式的
快樂與厭膩
然後變成還沒去皮的
桔子
等著與時間剝離

那一張妳繪製的
沙發上空無一物的
寧靜
與安適，接近最為純粹的一種
直覺與愛
而書櫃裡的行軍部隊
也是一種見證

地球轉過了三月
我們併肩，於四月繼續討論
一頂帽子與一件潮Ｔ
還有年齡與肥皂的
關係

地球轉進了四月
妳剪裁我已模糊的腳印
然後結繩
把每一個落地的
發聲
串成頸鏈

地球遺忘了二月
我關上那年打開的抽屜
把記憶綁入

四月春城

妳走後，暴雨點亮了一條街道的
喧囂，我躲在空屋
躺成一根枯枝
以左手小指敲醒電視
想聆聽　裡面洶湧的人聲
但耳朵卻走在頭顱
之前

我從戰地歸來
青春以土石竄流的速度
逃開
雨仍靜靜地落著
在街角的廢墟　許多詩人
低頭匆匆
小心爬過一條穿越廣場的鐵軌
不想變成截肢的
步兵

——那麼，就讓我繼續昏睡

想像墜落的
是無聲的　雪

妳走後，我從戰地凱旋
像株浮游的植物
只為了突來的　冷
盛開一日
或許空屋不願意成為泊船的
港

倖存的詩人回到街頭
於散落一地的
殘骸裡
漫遊
竟未發現時間已抽長成為河畔的野草

——那麼，就讓我繼續冰封
　　在這座急冷的四月
　　春城…

四月的伏流

某日，我們被寒冷圍困
無光的街道，咖啡色的油彩
與香味，都像是嘻皮製造
的空罐頭，裡面只裝著
大海的鹹

回憶也是海
秘密像是誘人犯罪的魚群
防坡堤變成柵欄
為了阻擋那些偷渡的
尾鰭

四月應是平靜無波的
海面，卻隱藏
交錯的伏流

某日，我們被強風圍困
寂寞的巷口，暗灰色的看板
與路面，都像是簡單主義
的小家庭，牆面緊貼著
幾張孤獨的
臉⋯

四月的空屋

餐桌上，一個空碟子裡
剩下微黃色的醬汁
倒映著妳的指尖

瓷盤總喊著飢餓
彷彿再多的餐點都無法填飽
它白色的胃

而我昨夜數羊
在落葉覆蓋的圍場中
我擱著睡意
把裂開的往事交給牧羊的
妳，初春已過

我們用愛餵食彼此
就像涉水時

一雙大號的雨鞋裡兩條併肩的
腿，彷彿四月那間
變瘦的空屋
我用肋骨
打了把複製的鑰匙給妳

瓷盤的憤怒源自於
餓，以時間釀烤的夢境裡
我們傾倒出一幅幅
潑墨山水

餐桌上的空碟子
變成一塊石碑
上頭鐫刻著我的姓名，妳的
落款…

四月‧斷簡

這首詩裡，我是一隻野兔
在草叢隱藏背影
陽光遙遠
懸吊於榕樹上的童年
孤寂　如山中唯一的螢火
被晚風溶解

而妳已遺失自己
於一個空空的院落，把愛情
寫成葬花的　眉批
於是一闋詞，或一首古體
的摘句，變成
流沙

忽然，野兔踩碎了陽光
以低頻的腳步
但在妳消失後的每一首詩箋
只能在斷簡中
剝離，四月殘篇隻字的
孕

所以我的詩裡需要妳變成　火
把我燃成一根竹子
唱出聖潔的歌
且　紋以一次次風月之後
的印記
而我將成為妳掌中的
斷繭

四月的單純日子

那些單純的日子裡，我們各自
漂浮在並不相屬的海域
是一艘船桅
破損的
移動吊橋，每天都像
一只恐懼的
錨，擔心海岸線的
背叛

我們各自停泊在黑色的
泥沼，然後瞭望
遠方每一尊堅定的綠色臥佛
想像佛的背影
是一片平坦寬闊的藍色
原野

橫亙我左手的一條高速鐵路
還有許多崎嶇的路段

被碎石保管
原來速度像是汽笛換氣的
歎息，是一種混亂
一種徹底的
狂歡

妳想要掉在哪一站，我親愛的
褐色落葉，他或者她都還
踩住妳以及我的鞋印
與影子。我們都太過於
聰明

那些單純的日子，一直咬住我們
渴愛的記憶，不容許我們
犯錯，就像每一次喘息
之後的脈搏，是失聲之前
的落雪

我們終於離開那些日子
卻緊握著
溶解的　雪
然後，漂流在華麗的海面
被蒼涼的漩渦捲入
釀造許久灰色的
珊瑚礁岩

她或者他終於離開我們
綠色臥佛
被強風吹起半截
中指
拈起一朵白色的鴿子翅膀
擰乾微濕的
天光，於四月的尾聲
咳一口怕黑的
痰

四月的流觴

我渴望妳以柔軟的唇語搭起
一座橫渡齒嶺的橋
善於遺忘的命題，往往在遠行時
變成乾糧袋裡的碎屑
妳給我整整七日
我將焚燒胸口裡的火種
於三十六年來的歷史簿子
貼出布告：
　　余謹以至誠起誓……
而後把妳的悲傷折成方巾
拭淚，或者拭去我
急躁的顏色，拭去喝了一夜的蟬聲
以及一些妳流失的
對我的幻想

而今日應於曲水賦詩
以一種隱遁的姿態
把逍遙的敘事變成竹林的
籤文，而摻了伏特加的
盃盃流殤，或許一個無風的
午後，在妳精裝的
二十五頁素描畫冊裡
釀成一杯一杯
陳年的醋
　　於必須過彎的急流
　　蔓延出一百種被時光精選的
　　芬芳

四月如昔

請別覺得寒冷
雨停後，我想成為妳的纜繩
繫住我們相遇的城鎮

我的戀人
妳曾聽過蒼老的雷響嗎
某日的天空死了
我們就失去牽手的
理由

請別覺得哀傷
我停在遺失妳背影的
三號月台

撲打尋人啟事上的流螢

然後等待宵禁
於無聲卻夾纏細雨的午夜
在一疊疊碑帖裡
蒐集妳前世的落款

我的戀人
妳是我汲水的井
每個年頭縱使過得舊了、老了
轆轤聲
也熱情如昔

四月的最後一首詩

四月最後一日的凌晨

我在大海裡落網，被帶刺的魚鉤

穿透了含在嘴邊的言語

妳說，未來是個刪節後的問號

每一個鐵錨，都無法標定

流動的海岸線

於是，我寫下這首叛逆的詩

想永久保固我的承諾

卻在不確定的

光源下，想逃進流沙一般的海域

避開失去月光的

悲傷

我想起孩子熟睡的側臉

妳埋藏的雷管

於昨日突然響起的來電聲中

瞬間爆炸

我的頭顱掉在妳視線

以外，緊握著孩子的雙手
也失去了僅剩的
斑駁掌紋

這首詩並非好詩
句子的節奏跟妳的言語一般
且戰且走
於我偶然的暴躁中
每個母音都爬行在崎嶇的
高地，在彎道的弧線
險降一點點詩句的長度
就容易從火海中
逃開

妳吝於承諾
愛變成了廉價的象徵
或者轉化
既然妳是一道草率的強風

我就把自己落成暴雨
在世界毀敗
之前

這首詩不是佳作
任何一個作文命題都是
半熟的水餃
躺在憤怒的湯鍋翻滾冷凍的
表皮
一切就像我曾預言的
四月的食物
必定撐不過五月的
熱⋯

（問號倒過來就變成了魚鉤
　魚鉤轉個身就成為了鐵錨
　鐵錨下了岸就出現了問號）

五月的距離

五月的呼吸
除了悶熱以外，只剩下暈眩的
空間。四分之三秒
我們擦肩而過，於下一次
梅雨季，預約被忘卻的
四分之一，秒。

而一切可以佔領的距離
仍舊相對遙遠

五月的寂靜
蟬鳴的音量逐漸擴大
校園裏揚起淡淡的
汗味，考試卷上的選擇題
四分之一的機率

四分之三的，悲傷。

而一切可以背叛的距離
留下一點猶豫

五月的命運
盤據在任一個十字路口
路況不一定良好
我們必須選取四分之一穿梭
留些意外，給四分
之三。

而口香糖還緊黏在時間
的腳底⋯

五月・未完

我的五月
乾燥有如陸地上的
海豚
總被快樂彈劾

縱使沉默
腳印與腳印之間的距離
反方向般遙遠
牽手
變成一種療傷的必要
一朵缺水玫瑰的
必需

然而，五月未完
你害怕皸裂的水面逐漸擴大
變成渦漩
而一切有關於沼澤吞沒
陸地的謠言
都是誤會

我的五月，緊貼在
感到寒冷的脊背
海豚浮光
飛躍雨後陽光新摘的
彩虹⋯

輯二：育成

——「夏季・六月至八月」

六月的熱

五月的尾音相當逞強
不願預告
六月演出的曲目
經過延長與修飾的音階
於空屋的陽台
變成盆栽裡除蟲的
藥劑
而樓梯像是隧道
一點點危險，一點點哀傷
一點點妳的氣味

六月總是熱
我們相約在陽光底下
學習新的熟稔
原來，那些重疊的憤怒

像座無光的
山，逼迫每一隻白鴿
都必須越過雲朵
以翅膀分割，過剩的
金色航道

聆聽六月突來的雨聲
我們分食彼此
的委屈，以及憤怒中濺出的
口沫，卻不願沉默
不願攀爬言語
的陡坡

而六月的卷帙雖然繁雜
卻從容不迫…

聽六月的陳昇

　　聽六月的陳昇，找一個躲在春天後的妳，需要自由加一點幻想變成海洋味道的拼盤，鹹鹹地，偶爾像我的眼淚。

　　六月，尚未結案的梅雨，卻披上抑鬱的新衣，把男孩未刮的鬍渣，變成臉上焦慮的新苗，在等待女孩穿過五月的暴躁時，顯得小心翼翼。

　　女孩的六月，應該充滿著安靜的熱，以及晴天的微笑，而男孩把黃昏作為一種染劑，想挑染女孩夢境的色彩，男孩的六月，換了一個髮型，以及一顆沉甸甸的心。

　　無糖的六月，是陽光不肯認輸的日子，我牽住三月的妳，於六月的瓶身降落，展開相擁的幅度…

屬於六月的一本書

打開一本繪有海岸線的封面
從書裡流出海水
以及鹹味

然後傳來妳彈的琴音
使這一首詩
變得更加肥沃

我彷彿在倒流的車陣中
尋找一隻迷路的
羊
原來這是一頁綠色的草原
隔一座山
是妳摺出的斷崖

咖啡館外

妳的臉色像是書底的汗漬
暴雨的天色前
我只能假裝
弱智

或許讀完最後一頁
白鍵將成為倒掛的水瀑
躲在霧中
黑鍵則堅定如
嶺

而琴聲跟著曲流轉了個彎
我的句子
變成了白色的炊煙
奔向一片空寂

指針六月

我帶著指針從遙遠的山裡
走來，走過記憶裡
斑駁的牆，逐一發還每個悲情
的片段，像拍壞的
八厘米膠卷

妳總是站在不同的櫥窗之內
小心翼翼捧著憤怒的
童稚，害怕難堪
而那間乾淨的空屋
卻繼續待售

世界需要停頓
我的舌尖更需求著一種
精準的
發音
像下沉的氣流

而你的舌面
應有我踏過的足印

彷彿火山噴發之後的白色
沉灰，是愛欲後
懸浮的孤寂

六月需要指針
於妳夜半的噩夢裡，變成一座
發光的塔
大概出口就在那

世界需要快轉
我一伸手卻抓不住妳
腦中的亂數
或許傷口經過了若干年
將會隆起如山

輕輕地，我喚出了妳的名字
卻驚起了樹上的野雀
振翅，搖晃著
每一根枯燥老化的
枝椏…

妳說七月無詩

妳說七月無詩
但擁擠的每一頁日曆裡
都記錄著我的聲音

七月是過敏的季節
我是一隻怕熱的
海豚
卻必須曬成陸地的
小魚乾

誰說七月無詩
難解的數獨遊戲中
我倒臥在經常填錯的空格
與流沙搏鬥
而你在遙遠的東方
淋一場留白的

雨

於是七月如烈酒
如妳雙手交錯下的琴聲
而時間
不斷被削去鈍掉的
端點
或許我應該找一個雷聲的午後
傳一則沉靜的簡訊
給妳

但東方與西邊的距離
有點蒼涼
像我褲襠上壞掉的拉鍊
一切都好焦慮
不拉起也罷

就像七月如果落下
大雪
必定是天空任性耍賴
然後萎縮

七月之前
我們曾一起哭泣
在一個微風揚起的早晨
我們吻遍彼此的姓名
以高音
或者低音的絮語

例如一隻怕冷的小貓
喜歡咬住熱
或者用一些快樂的長靴套住
尾巴

任性地甩出午後的
雨

因此七月需要一首很長的情詩
以及很近的距離
一起躲避
高溫的襲擊
然後躲在時間的背面
廝守到老

而妳是我的一根肋骨
最尊貴的
也是最任性的…

七月的詩冊

每一句詩與每一個字
彼此摩擦，升高我們的體溫
妳說，不喜歡紅色封面
我卻讓紅色的雨
濕透整本詩冊

昨晚，我以石頭刮去腳後跟的繭
也刮去那一些頑固的堅持
突然心如鐵軌一般蜿蜒
窗外的景色
是七月炎熱的觸感

妳討厭我的憤怒
尤其是那種無端的粗糙
像砂紙
也像半風乾的臘肉
或是旱地的龜裂

但我卻擁有夕陽的性感

尤其那尚未發表的
還躺在筆記本裡
或者一條溪流上游之像魚的
詩
往往像是無法解脫的
靈魂
並且厭倦冷漠

所以妳是光
吸引怕黑的雲朵
七月的空屋已經冒出炊煙
我不再預備流浪
想以緋帶纏繞妳手邊的
新購的鞋

而記憶與苦難早已被吊走
只剩下孩子的喜樂
現在，妳捧起了我們的心跳
以及歌聲

我把封條貼在六年凌亂的
工地，然後一起開工
一起鑿出通往
天空的小路

越過了七月的一半
靜女其姝，俟我於城隅
城隅邊界的雷雨或許
滂沱，我們只有一起穿上簑衣
橫渡瀰瀰河水
變成兩株根莖纏繞的
松樹

而七月的文字將會暈開
從七月的書冊裡
決堤，淹沒地表上僅剩的一點點
留白⋯

七月的爛詩

歌頌我們滿面風霜的
愛情，列車上失去尾音與平仄
便當叫賣
變成八十元便當多出的
兩尾喜相逢
而六十的已經賣完

我坐在七月下旬的這班列車
自立自強地
想念妳依賴的姿態
但走道的阿伯
與一位操著流利台語的阿多仔
宗教家
仍然雞同鴨講

於是，我必須即時以爛詩
記錄對妳的愛
以免，不支睡去

七月一首爛透的詩
在過期停靠的車廂裡
變成天才詩人的
敗筆
但我去掉了標點強迫分行
散文一偽善了
就變成了詩
變成了
君子…

七月的車廂

車窗像是透明的屏風
夜景以高速迷惑我疲倦的
視野，空氣裡
散發著幽靈的氣味
七月的車廂，冷得不太自然
而妳，是否還躲在
四樓的平臺，遙望對街
的孤寂

粉筆灰的顏色
藏在我乾燥的短髮裡
挑染一種急欲返家的情緒

七月總丟出一陣
濕熱
讓皮膚必須背負破損的
紅色敘事

寫一首隨意的詩
致妳的等待
以及關在瓶中的時間
如果，我們可以一起在水邊葬花
愛就會出現一個永恆的
偏旁…

七月之殤

七月的濕氣
停在高溫燙過的露臺

原來一切都很模糊，包括記憶裡的
畫面：被風割過的原野
以及不斷變化位置的
陽光

然後我變成了一件早已破損的
上衣，解凍後的白色冰河
像是眼淚

七月的憤怒
咬緊我無能的歉意

我發現每張有臉孔的撲克
都擁有枯澀的微笑
以及不屑

王后在飽餐前打嗝
黑色的國王低頭

練習一幅水墨該如何留白

而我想槍斃日曆上的一列時間
不完整的正字記錄
像是慶典

七月的無能
是城市裡的獨家

妳想遠足，帶著新版的零食
與飲品，逃開夏日
一轉眼就可入秋

詩經裡的鄭聲
其實是一朵憂傷的花
所以才需要荒野的郊遊
與慶典

一夜之殤
連影子都發現自己無能
只不過是片蒸汽

沒有一點迴音

一葉之殤
每一片綠色便條上的字體
都變成了絕望的
植物

一頁之殤
妳的沉默，從指間的菸味
擴散
七月即將守寡

而我必須摘下我的臉皮
扔在地面
說：那就是一首爛詩
無能的詩句
是鼻毛

然後，我開始謹慎攀爬七月
炙熱的鋸齒
穿過指縫的濕氣

接著捧起妳的體溫
摺疊成
一個正方形

但七月的潔癖
繼續瀰漫

我的腳趾失蹤
門牙失蹤
耳垂失蹤了
只剩下寬廣的腹部與小腿
可以比較容量

是的，咳嗽總是被糖漿治癒
但喘息不行

原來一切都很清晰，包括發生過的
景象：沙發兩邊低頻的氣壓
以及不斷指責氣溫太高的
上弦月光

然後變成了一塊破損不堪的
褲管，雷雨前的藍色雲朵
逐漸憂鬱

但每張沒有臉孔的撲克
都擁有枯澀的象徵
以及階級

紅色的王后在飽餐後
伸個懶腰
國王只得低頭
練習一首長詩該如何走向
渙散

七月的無能
是城市裡的獨家

惟有孩子的鼾聲
是一塵未染的天籟、地籟
夢境裡，尚有天真的
餘溫…

八月暑氣

傾盆大雨。我返家的腳步遺忘在鐵道區間。
妳遙遠的聲音墜入沙啞的車道
我的病歷，記載著一種關於憤怒之類的
遺傳，彷彿長在胸腔裡的腫瘤

八月暑氣。沿路的景色都冒著炊煙。
遠足或者隱居
反正都是流浪的方式
缺水的盆栽被雨點壓迫後
變得苦澀

點燃天光。用一支菸的亮度翻譯悲傷。
頂樓像是一只悶燒的快鍋
孤獨的高溫
停在沿街叫賣的小販
口中，就這樣

靜止不動

直到死亡變成蒸發的水氣
妳才想起那一本註記了承諾的
紅色詩冊

大雨傾盆。那張長椅還挽留妳背脊的餘溫。
我步行返家，液狀的碎石落在頭頂
像是病歷裡宣告命運的句點
像夏天破了個洞

暑氣八月。像廢鐵被擺在廢墟裡。
妳厭惡蟑螂，就如同我痛恨被毛蟲咬傷
或許，每一雙被路燈揉濕的雙眼
都需要一些黑暗
來保護剩下的那些景色

而遺憾卻長成了
一個幽靈

天光點燃。哲學家們以煙圈勒緊脖子。
頂樓，月光纏住寬闊的露臺
盆栽裡的植物，微笑
妳看過最質樸的
潮汐嗎

直到死亡抵達屋前的小路
妳才拿起收藏許久的
一本絕版詩冊
請我署名⋯

八月・演化

我把自己壓在時間的岩層
讓背脊變成秒針

所謂夢境
只是一朵即將轉頭望月的
向日葵

急速凍結嘶啞的喉音。

畢竟練習迅捷打開抽屜，由上而下
放置各種顏色的記憶
是一件比遺忘
還重要的事

差一點我就必須留下遺言
於樓頂乾涸的水箱

妳知道嗎，就在這首詩裡一隻蝴蝶

剛飛過左邊意象的出口
幾分鐘就消失了

我是一塊頑固的銅鐵音。

原來穿越了左岸就會迷途
像一杯走味的拿鐵
裡面只剩下黑夜

而我只有繼續沉落岩層底部
背脊變成時針
只為了延長向日葵
想向月的夢

妳知道嗎，七月演化到了八月
冰雪就在遠方
開始結霜

八月・熟成
——寫於情人節次日凌晨

我害怕妳割斷一條繫著
渡船的繩索
像劃開一首充滿意象的詩

深夜，你的微笑躲在一張舊相片中
陽台上的捕蚊燈
咬住群居的蚊
我想起昨天降雪的床沿
孤獨的麋鹿
畏光

誰也無法確定
誰會先變成一朵逃家的雲
我寫詩，以一隻羊毫中楷的尖端
把每個字
種在妳的眼神裡
一旦變成淚液
滴落

愛情就老了

渡船被落葉覆蓋
河的對岸，天光剛被鐘聲
吵醒
我只是被風吹落的月色
躺在黑色的路面
變得暴躁

而我不再輕易寫詩
也不再替斑駁龜裂的牆面
以青春抹色
據說妳來不及撿走的一排腳印
憂鬱，且寂寞
是那日我們一同釀造的
花蜜
八月時熟成…

八月的倦意

冷空氣裡的倦意
像一件未洗的衣服
抖開了
盡是霉味

空屋內的雪漬
每一個足印都被黑暗
束縛
我醒著
只是畏懼時間變成

八月突來的
雨點

如果能夠把妳的憤怒陰乾
以淺色的衣架
邀請陽光
進駐佈滿蛛網的天台
或許雨季
就可以早退

輯三：早熟
——「秋季・九月至十一月」

廢都‧九月

在妳的腳下
我只是一間荒涼的空屋
連野草
都是臉上未除的
鬍渣

抽一根菸
像寫了一本抽象的日記
我停在沙漠中央
一望無際的褐色棋盤
沒有任何城堡
可以躲藏

其實九月的熱一如滾燙的瀑布
鎖住了河流的溫度
也將淹沒
那座尚未塗抹膏油的
廢都

九月暴雨

我向未來提領尚未成形的
記憶，卑微地
捧著老化的速率
而後崩潰

誰可以看透
每一片落葉曲折的
前世
泛黃卻是共業

九月，每一種漂流都炙熱
我們困在暴雨之外
等候另一場
暴雨…

圍籬九月的背脊

在竹編圍籬的背脊
垂柳像妳新編的一束長髮
總是呼喚薄暮的晚風
而我是一對不曾停止的腳印
一旦入夜
就變成沙灘上的便利貼
折一個角落
就是鐘聲的邊界

放學之後
我手中的燈光有如不滅的
螢火，從走廊的步道
向操場蔓延
有人說，那是雨點紛紛
其實走出了課室
就是異鄉

或者泡一壺濃烈的新茶
一杯微苦的咖啡
妳知道的，一根菸等於一次靈魂的
覺醒，還有一種屬於
古惑仔的叛逆
而寂寞便是工地的落塵
我們的身世依舊
不明

我終於無言
在這個並不古典的晚夏
妳的長髮像是黑暗中的竹林
躲藏新鮮的霧色
而我的指印
是髮上殘留的一季樂府
吳歌…

九月落塵

我向神索取一點時間
在票根記錄的數字
逃亡之後
一頓搶來的早餐
吐司的夾層裡
只剩下一片破損的盼望

我抓著雨季不放
就像踩著妳的背影
聽樹葉裡

斷續的蟬鳴
然後把我們的秘密鎖在地底的
震央

二十年後
我們相約於流浪的終途
挖掘那些已被落塵
埋葬的那年
九月

九月的速度

帶著一個橘子流浪然後談論愛情
以及關於死亡是否需要
剝皮或者分類

後來，我以針線縫合露出影子
的褲袋
哀悼那些說不出口的
長篇敘述

而妳在我的夢裡長出翅膀
像是一個擁有自由的
水手
飛越國境

但我只能成為典故
破曉之前

被妳顛簸的雙唇唧住於大雨中
呼吸變得紊亂

他們說上了發條的橘子
就可以躲開
暴力
就可以不必流下容易變酸的
幾滴眼淚

於是我揣摩妳呼吸的頻率
把自己變成一支鉛筆
書寫屬於
每一個月份的風景
順便望向一座北方的
山

然後摹擬老人嘶啞的嗓音
以及垂釣的姿勢
或許滿頭白髮
在日落之前將更加
早熟

因此我帶著一箇裸身的橘子流浪
秋季越來越近
城市裡
充滿各種顏色的潰瘍
我知道妳總是沿著稿紙的格線邊緣
散步
直至憤怒易主

而九月卻跑得太快⋯

我們像隻十月的白鴿

我們像隻白鴿
匆匆向著床邊的雲朵
告別
往喧嘩的市集飛去

我們飛越了長堤，無須保暖的
翅膀，卻攜有初秋的
涼

這是一次短促的旅行
人們的腳印
挨著腳印
我們一邊與風聲對話一邊抱緊
陽光曬過的地標
然後遺失綁在爪上的
時間

而學校的鐘塔觸手可及…

十月海圖

星光總是吻著桅杆上一首被風唱出的
旗幟，海浪搖曳一如西班牙
女郎的腰肢，紅裙像是奔放的煙花
覆蓋水手的聽覺，以及航向

我燃起一支支妳捲的煙
菸圈卻向引力的背面飛去
變成天空的人質
原來氣泡就是魚的腳印，水道蜿蜒
海圖成了迷宮
廢船上只剩下我的青春

海是藍色的墓誌

妳牽著我的雙手如水母漂浮
想洗淨
記憶中每一朵花瓣的塵污
而礁石裡的植物
過於寂寞

十月某日的深夜，我們遺失了
正確的航道
遠方的漁火像是山巒的
雙眼
在黎明前，向海岸拋出溫柔的
光…

十月的腳步

我發現妳的腳步被階梯困住

每一步聲響

都與時間擦身而過

想必一頁頁摺角作廢的日曆紙裡

都袒露著

一根根從我身體抽出的

肋骨

和血管

研究室的門縫

過度擁擠

太多被我們浪費的陽光

從滿是菸味的空氣中

稀釋
然後我們相戀於
背風的深夜

在一個密封的鹽罐子內
我撕碎記憶的剪影
以及幾根白髮
而呢喃很甜

之後我們一同躲進墨水管
一同變成藍色的
詩

十月的積雲成雪

起霧的章節
少於起風的任何段落
卻多於突來的雨

妳以手溫餵食我的髮尾
尤其是那一撮記錄
歲月的白
像堅韌的釣線
鉤起每晚不安的夢境

落地窗內
我們在初冬的溫差裡浮潛
妳的青春有如岸邊
水草，潑出了
一層一層金色的炊煙
似霧

而窗外的雪地
原來是落下凡間的朵朵
白色積雲

十一月・棄石的自尊

妳是裝在我胸口的迷宮
每個出口之前都是陡坡
若我的腳步沉重，就會咬住光影中的
塵灰
而道路依舊還在遠方
其他都是邊陲，都是無法平滑的鋸齒
都是我們易碎的理智
把五官
輾成洪荒

妳聽不見我的胸口垂掛妳的心跳
我醒目的語言，從地底伸出暴力的手
退還妳原始的想像
那些愛，或者無愛的歎息
都變成了迷宮裡錯置的指標

忽然想把落日攔在詩句
以及故事終場之前
留住一片片泛黃後的風景
而矮桌旁的桂花香
仍停在妳去年日記的摺頁
交錯衍義的方向

縱使詩句抽長如數尺的孟宗竹
白髮的線條扭曲似爬行的篆體
一顆棄石的生涯，除了補天之外
只得堅持屬於棄石的
自尊

或許你們稱之為頑固。

輯四：凋萎
——「冬季・十二月至二月」

懸念十二月・
三行短箋七首

(一)
妳的世界是一把傘
為我遮蔽黑色的
流言雨

(二)
昏暗的清晨裡
我必須認識飢餓的定義
以及吻，是一首情歌

(三)
妳的呼吸有時如雪
有時卻變成生字待查的
部首

(四)
我的掌紋

其實是一座危險的吊橋
路標的方向是妳

(五)
然而從妳身上掉落的肋骨
擁有最堅固的硬度
卻成為我的背脊

(六)
‥
‥
≒

(七)
親愛的，我盜版了太多想像的
憂傷，於每一段時間稀釋的
夜，妳是我親手釀的　酒

寫給十二月的情詩

好久沒寫詩給妳
詩句充滿著寒流過境的
水氣

我的眼神掉在
時針與分針夾岸的峽谷
比月色澄澈
卻無法　安詳

當然，冬季的雨點比軌道的石塊
更為沉重
我面向迎風的高塔
把自己挺成一座聖城的
哭牆

許久未寫詩給妳
荒草蔓延，變成詩句裡的引號
或者是受潮的腳趾

或許妳的憤怒
像操場旁百年老樹的盤根
而雜草並不隸屬曠野
我想以半瓶烈酒
淨身沐浴

從一場失去鼾聲的午寐中
甦醒

一月的恐懼

這個世界最深的恐懼就是妳離去

那麼窄窄的一行格線
監禁無數窄窄的字跡

悲愴，像一片瓦礫
破碎是它最卑微的景況
雜草上落滿了
脆弱的、急躁的、傲慢的
比我的淒涼還脫序的

卻是世界以外

一月‧隱題

妳是我的玄關，盪漾著金色的流蘇

確實把寒冬關在天窗之外，冷已凝結於遠方廣場

是鴿子，一排白色的雲朵俯臥，像海浪

我們以一朵花開落的速度，繫住彼此掌紋

這竟是如此匆促，妳踩過的露滴變成一

輩子芒草綁住的月色，頃刻或者偶然

子夜時，我是驛站，在邊界以破碎的屋瓦待客

最後被突來的塵沙裱褙，遺失旅人背包裡的

愛情，而妳卻把記憶揉成絲線，編織著一條禦寒

的落葉，作為我脖頸的領巾，而藤蔓纏繞

人影，於流蘇的縫隙，風吹出了沙啞的弦音…

二月前夕

我住在一個充滿機器的城市
愛情，或者苦難
都容易被遺忘，而後變色
誰也無法測知預言
明天的生活是前夕的
倒影，或是灰燼

所以我必須革命
沿著捕魚人的網罟，以及雁群
的航道，拯救一段叛逆的
飛行。雖然妳攜著惡夢
與我相識，還有那一條紅色
圍巾

一個充滿機器的城市
人們都在怪獸的嘴裡行走
迅速，且抽長背影
青春吐了一地鮮血，於管制的
路面，以速度逼供
妳的去向，而我以一尊木然
的石像，拒絕背叛愛情
但光明居然披上了
黑暗的外衣

革命前夕
彷彿一切都變得安
靜

逆光的二月河岸

把我的名字燒成灰燼
溫暖的煙囪裡，有明日早晨的
氣象預報
烏雲仍在天空裡渴望落雨
路燈緊咬著落日
老樹擋住了鴿子
一個抱著吉他的二月
女孩，寬恕地說：
「沒關係，我還有一點青春…」

用網將沉沒的月光撈起
擰出一些濕意
女孩的手指在琴弦上夢遊
對照我衰老的聽覺
時間不像初生的秧苗
我卻有如盲人
綁不住她擱淺的
調音

於是我開始蒐集瓶塞
變賣空瓶
然後無奈地宣稱：
對話冗長、醉意瀰漫
女孩都是烈酒
所以都同樣的危險

但隆起的雪堆尚未融化
禁不起火焰、石塊
以及飢餓的暴雨
和砲響

終於，女孩決定繼續逆光
像一隻蜉蝣
從走音的水面找尋音階
找尋一道避寒的
河岸

二月‧解凍

我以焦慮
繃緊幾近四十的背
每一次，都渴望
體溫形成暖流，以及
渴望某日妳能無夢
沉睡

相遇太晚，記憶卻又
太長，對話欄裡反覆播放
一首情詩，寫著雲朵或馬蹄
掠過無人的廣場
而風，或雨，在時間的溫差裡
有一個國度⋯

一整首詩，停不了鎮日的痛楚
我以貧困的模樣

躲藏
像尚未解凍的空氣
撞入人群的
呼吸中
冷吞噬了夜

然後，我們的目光逐漸平行
在極地裡一個
國度
被隧道分裂成兩塊潮濕
的荒土，放逐
光的，所有的光

如今，黑暗已從我手掌的
版圖過境

隱題詩
──寫於二月情人節

我是妳筆下錯置的段落，一個換喻就把
愛變成了季節裡毫無止盡的鋒面
妳的呼吸終於出現懷念的氣息

以沉默熬一碗無米的粥
及時加入磨成粉末的無助調味
每一句橫衝直撞的對白，都可以填入
一本字典裡關於憤怒的語彙，直到
滴落的雨聲被妳抓起，揉成一面
眼中的海，鹹度比每日的
淚水淡，比甜蜜濃…

以詩之名

補習班名師　應嘉惠

　　愛情裡的魔鬼與上帝，都藏在丁威仁此本詩作的細節中。

　　威仁多情，甚或可以說是有點兒……濫情，這是他從荷爾蒙作祟的青春期，一直堅持到現今不易的性格特點之一。愛是他的道路，從來都無須地圖指引。渴愛的詩人經常在詩篇的字距裡蹣跚踱步，「找尋一個／通往沒有暴雨的樂園」（輯一〈三月的城〉），然而這座樂園往往悲哀的蛻化成愛的夢境，若是更加慘烈些，還有可能成為血肉模糊的殺戮情場，盈溢著「飢餓的暴雨／和砲響」（輯四〈逆光的二月河岸〉）。

　　《流光季節》就是詩人為我愛者、愛我者，瀝血掏心的一本情詩集，那些生命的片刻，於惘然的悵悵中，留存在詩裡。全書共分四輯，從「萌芽」（春）、「育成」（夏）、「早熟」（秋）到「凋萎」（冬），總綰詩人情愛歷程的惘悵纏綿與憧憬欲望。倘若詩與詩人可以互為指涉，那麼我們不妨隨其詩作，一同履踏過詩人情愛轇轕的春、夏、秋、冬。

　　無須孤傲深隱的曖昧語言，威仁的秘密其實一向都在詩裡，他樂於自我剖析，鮮血淋漓，與讀者以詩共享生命的真實與虛幻、微光與記憶。讀者儘可以以詩的方式理會他、參與他、詮解他、喜愛他，並進一步與詩人偕手完成詩的隱喻與實現。

　　威仁創作力的勃發，已無庸贅言，詩是他或戰鬥或依存或試煉或親愛的場域。生命裡不免有諸多難解、甚或是無解的密碼，鎮日在洶湧幽渺的現實裡翻騰，威仁選擇將他的深淵交給詩，以詩絞緊人生的崎嶇，亦以詩從容；在字詞與標點、詩行與段落的罅隙間，快意的享受「嘔吐」過後，鬆弛而滿足的虛脫。「書寫」正是他延續存有與自我淘洗滌盪、療癒救贖的最佳方式。

　　威仁在其《詩學清言》中寫道：「為名做詩，可；為利做詩，可；為觀者做詩，亦可；然心下須有十分底明白。」這是真切又奮力去過日子的人，才能說出如是洞澈的話，現實的斷裂與陷落，威仁總是以詩句回填，這「心下十分底明白」，想必都在詩人的詩裡，等待讀者的細細反芻。

　　威仁詩集的序跋名單，一向陣仗頗大，從後中生代知名詩人、文化評論家、詩社社長到七年級、八年級的詩壇生力軍……等等，十分儡人。忝為威仁的老朋友，此次得以插旗共襄盛舉來嘶吼一番，亦是十分暢快。

　　詩不僅僅是威仁的信仰，詩的顏色、冷暖與律動，都早已在詩人的血脈裡湧動。即將跨步進入哀樂中年，泅泳過生命的起伏迭宕，我看到的丁威仁——惟詩的執著不變。

你教會我閱讀情詩

中興大學中文系博士生　柯惠馨

師：

　　這是第二次提筆寫《流光季節》的序跋。經歷國恩洋洋灑灑萬字大論詩集之後，猛然覺得汗顏。前一篇僅概論詩集特色，國恩的龐大巨製已然珠玉在前，只好棄其道改路而行，向你提出重寫的要求。這就是我：永遠不斷重複第二次功夫；而這也是你，我的丁丁師（是的，這是我為你專設的來電暱稱）：永遠准許我擁有更改的機會。

　　翻開手機，一張意氣風發高舉酒杯敬酒的詩神！這是我為你設置的一張來電顯圖，純真笑容中掩不住強大的自信。認識自今走過六個年頭，還記得當初因緣際會幸遇老師，即刻被你身上散發的熱情與豐富的學養吸引，黏呼呼的想拜入你門下，興高采烈的上網搜尋你的資料，並打了一封當時自認文情並茂的信，請求你收我為指導生，可喜的是你義不容辭的答應了。慶幸人生最燦爛卻也最茫然之際，有你在前方引領。此後四年，我如一塊海綿，不斷在你身上汲水。

　　然而，最令我意想不到的事，原來「師即詩」，認識「師」因此我能認識「詩」。這兩者本身並無必然關係，但卻因為你，而使二者產生一次人生最美麗的碰撞。記得你在贈送我《實驗的日常》這本詩集時，寫下「願詩成為妳生命的花朵」，直至最近數月開始不間斷的寫詩之後，才驚覺，詩為我的生命開出了一朵青春花，每一行想像的字句都蘊含著巨大的能量，令我在百般無奈的生命中，得到紓解，進而在孤獨中，學會與寂寞交換情緒。

　　我正在學習與寂寞對話，而你卻只能被迫習慣寂寞。

　　每每在你的眼中看見落寞，甚至憤怒時，總會讓我想起那張意氣風發的來電圖示，然後不斷臆想，甚至揣測：這可能不是相同的一個人？如此自信的人為何在愛情中活得如此掙扎？就像詩中不斷被修改的行句，刪刪減減，都只是為了畫面和諧？記得你說過，「沒有愛我會死」，我無法理解！當時你只是很簡單的回答我：「因為我是詩人」。

　　你只是活在為愛情奉獻的詩句中，並且被動適應現實的刀俎。

　　因為你是詩人，所以愛情像首詩。你擁有一顆最細膩的心，熟練的剪裁著自己，以求能合適於任何題材與形式。然而，卻在裁剪的過程中不間斷的壓縮自己，在你身邊的每個真心相待的家人、朋友與學生，卻只能心疼而不能為你改變些甚麼！這一切就像迴圈，你樂此不彼的壓縮，我們也樂此不彼的心疼，兩股力量以逆時針方向往下旋轉，最終匯成漩渦，沒有

缺口。多麼自虐的舉動，卻又多麼愉悅的了解到原來自己還擁有很多，除了愛情之外。

　　實在不忍翻開《流光季節》，就像掀開一處你身上快結痂的傷口，隱隱作痛的疤痕，透過慢動作微觀，血淋淋的染紅視線。這是一本情詩總集，但愛情彙整到最後竟不是幸福，而是滅亡；走過四季，愛情得到的並非勃發，竟是凋零。

　　師，你教會我閱讀情詩，用著淌滿鮮血的心情。

這是不道德的

拓詩社社長　陳先馳

輯一：我不道德

　　我們都在漫漫的時間中流逝，從熱血的大學時光，談論著屬於我們的陽光，直到今日撰此序的時候！

　　和現在這個威仁相交，是不同於那個回憶中的威仁，那個回憶中的威仁的諸事，現在只適合看誰標的價高，探探市場的需求，然後留著，再放進回憶中，**繼續釀著**！因為，做兄弟的情誼，是要用酒、菸、茶和無數的生命衝突交織出的，豈是幾張大頭的紙可以出售的！當然，數千張之後，也許還可以說說；最好是數萬張之後，那就更可以好好談談了，不過決不會是密室的恐懼，而是廣開言論的相招集，免得現在的威仁分不到一點兒好處！此舉當然還有別的用意，那就是他要負責就替所有的回憶背書，這樣才能有好價錢！

　　我不道德！開頭就談市場、談錢、談出賣回憶，然後還要他背書……！其實是一種見笑轉生氣的另一種形式。威仁詩稿

已寄來久許，雖然其中還經過瘋狐狸的襄助方得見完整詩稿，但更早之前威仁已當面囑託替《流光季節》寫序，然而卻遲遲未能將稿脫出，就如諸位看倌現在閱及此處一般，原因無他，生性疏懶所致！不過，仍是他的錯！

我不道德！要寫序跋，實在應該好好地把整本書的文字吞下去，但是我沒有。因為我吞下去又吐了出來，卻仿不了牛羊的本領，歷經幾次咀嚼和反芻到幾個胃後，總是消化！不是詩不好，而是實在很難閱讀被螢幕畫面綁住的事物。我喜歡翻紙張，再繁雜都還搞得了，可是要用滑鼠翻找，實在很難有FU，找到了那首詩，瞬間便會忘了為啥找那首詩的感動。只剩前前滑後後溜的，如同迷途上還打上嬰兒油的蠟，混沒有東南西北的帳，沒有左左翻右右閱的爽快，於是我摔著的、滾爛的、荒蕪的腦漿，便潑灑了一地荒頹！

嗯，我不道德！

輯二：你不道德

妄想著可以好好地剌窺一翻呢？你不道德！

詩人是自況的，但不是提供窺視欲的滿足。要窺視，請上網，或者弄個甚麼鏡的，對準你的焦距，不過請自負己身的安全！別因為頭暈目眩，或是一時驚嚇，然後就弄搞了場無繩的高空墜落，我們是不會為你哀悼的。如若趕得及，也許架套收音器材，記錄成最後的餘音裊裊！

別像我一樣，曾讀過了幾首詩，就以為自己是啥了！你不道德！

詩人的言語，是不適合鍍上風雅的！那是用心血逼出體外，像是眼淚、鼻涕、眼屎、唾液、尿水、拉希或是交媾的體液，蘸上不被汙染的手指，慢慢快快地放在我們看得到的地方。可是絕對拼不出看到的符號是甚麼，請用心眼去感受，別去分辨。否則，你不道德！

輯三：他不道德

這是他的場域、結界，然後拿著一把不道德的刀，胡亂戳著我，很痛！所以，他不道德！

我們長到這個時候，有時會忘了季節！

我情願記著那三月的小雨和木棉道，然後在大賣場裡胡亂說著五月花現在賣多少；在盛夏的陽光下，聽著知了的蟬聲，睡在記憶中那個二樓欄杆的午后；秋夜月光光的時刻，關上室內無聊的日光燈，跑到那個涼涼的戶外，俯身端詳著自己扭曲的月影；所以，該是猜一猜冬季的十一月到二月都在幹甚麼事囉，是搶茼蒿的火鍋聚餐，以及躲在被窩、賴在床上，打算翹課的心情！

　　他不道德！乒乓地拆解我的流光，讓錯置重新組裝著我，喔不，是他的光流！

　　開始沒有時間感的痛我，參與那生命中我的不曾，誤我不拉出我的讀，到直了最後，哭我泣的螺絲在絞緊。

　　趕緊說出把現在都扯呼的結論，驅趕尚未歸位的話語，我虛弱地低語，他不道德…他，不道德……

續貂：

　　不知道最不道德的是什麼？承認並默許對我來說是困難的一點點兒，更遑論找出答案！因為，所有的話此刻都我在說；而我說的就像我所誤解的一樣，試圖展示管他XX幾月的尾音，在摸都搞不清楚的精神鋼筋構築裏，空蕩著我休止符後匱乏蒼白的泛音

　　——我，不道德我，不道德我，不道德我，不道德…………

我喜歡所有溫柔的情詩

窺詩社副社長、新竹教育大學中文系三年級　蔡凱文

　　詩人丁威仁這一次所推出的詩集《流光季節》是本完全不同於他過去詩集風格的，譬如《實驗的日常》有半本是充滿前衛風格，恣意使用文字與意象的詩作。但這一本《流光季節》偏向另外半本《實驗的日常》，是七十二首溫柔沈靜的情詩。

　　整本詩集分為四個季節，值得注意的是在這四季裡面，並非是以往認為最為愁苦、多感傷的秋冬為主軸，而是風光明媚的春季佔了詩集大半部分（四十一首），筆者認為這是作者有意識地想讓詩集風格較為溫暖，而非過於冷硬。

　　舉春季中的一首〈我為三月寫一首詩〉為例，詩中提到：

　　　我為寫一首詩所喜
　　　語言是表達愛的
　　　容器，雖然每一個字都有
　　　枯萎的年齡

　　詩人以自身為主體，書寫一種書寫時的喜悅，在他的筆下詩語言是能夠透露愛的工具，但就像是愛情會有所謂的期限，

每個字也有它能夠生效的時間限制，一旦過了那個時間點，所有曾經綻放過的美好都會凋謝。

又接著詩中出現了一個指涉對象：妳。在所有情詩中一定會存在這麼一個對象，或許作者不會明說而是採用隱喻、譬喻等等手法掩飾。不過在這首詩裡，首先看到詩題為〈我為三月寫一首詩〉，所以在一開始作者設定一個對象是三月；再來倒數第二段接著又提到了一個『妳』，因此三月其實是一個代稱，指的是作者心儀的那個對象。

> 而妳已把愛折成晚間
> 的餐巾

這是整首詩中把愛最為具體化的兩句，前面數段的愛都是種形容詞如「愛的字根」、「愛的容器」，但這邊一轉把愛變成了主詞，是一種可以摺疊、可以被量化的。在餐桌上的餐巾也讓人聯想到約會時浪漫的燭光晚餐，更替詩的結尾增添細節，補滿段與段跳躍時的斷裂感。

時間一轉來到四月，〈四月・第一首詩〉講的是情侶間相處必然會有的爭吵，

> 我的憤怒像鐵道上輾過的
> 噪音，而妳卻變成
> 一隻野貓
> 舐食絕望的眼淚

　　作者把男方表達憤怒的方法形容成鐵道上的噪音，如此莽撞而直接，但女方卻是變成一隻「野貓」而非「家貓」，可以看得出來女方在爭吵時並非一昧地退讓，而是像未被馴養的野貓，隨時可能弄傷彼此。

　　結尾部分頗為有趣，作者延續著前面提到的鐵道意象，把愛情裡的爭吵譬喻為平交道所發生的災禍，因為平交道是一個通行的要道，火車與行人常會爭道，正巧就像是情侶間兩輛堅持己見的車撞在一起，那個情況之慘烈便能想像得出來。

　　而春季的尾巴便是五月，五月裡只有收錄兩首詩，卻不約而同地講到了悲傷。

　　　　五月的寂靜
　　　　蟬鳴的音量逐漸擴大
　　　　校園裏揚起淡淡的
　　　　汗味，考試卷上的選擇題
　　　　四分之一的機率
　　　　四分之三的，悲傷
　　　　　　　　〈五月的距離〉

　　　　我的五月
　　　　乾燥有如陸地上的
　　　　海豚
　　　　總被快樂彈劾
　　　　　　　　〈五月・未完〉

　　所以作者在五月時，雖然選擇悲傷作為書寫的主題性，但是仍保有一貫地溫柔，譬如〈五月‧未完〉裡節錄的這句，同樣講的是悲傷的一件事情，但是能用充滿暖色調的畫面來敘事。一掃以往寫至悲傷時，總要用較為沈重的詞彙來堆疊傷感的習慣。

　　總而言之呢，這一次《流光季節》的出版證明了許多事情，其中最重要的是詩人丁威仁證明了他寫作領域的廣泛以及全面，不管是奇怪風格的人形蜈蚣系列（詳見實驗的日常），或是敘事科幻史詩，到這一本的溫柔情詩，且不同一般詩人往往由情詩起家再嘗試別種詩風。

　　丁威仁果然是，神。

	早　上	中　午	晚　上
星期一	早上起床，往研究室前進。	在研究室討論事務，被丁威仁與洪國恩婊。 ──與@丁威仁、@kuo-en Hong在冥王星教育大學分部。	
星期二	早上打給老師，問老師人在哪裡，可是電話不接。	帶著便當到了研究室，結果被眾婊。 ──與@丁威仁、@張日郡、@月亮二毛、@kuo-en Hong在冥王星教育大學分部。	上課中講屁話，持續被婊。 ──與@丁威仁、@月亮二毛、@張日郡、@kuo-en Hong在冥王星3301。
星期三	幫老師送資料上去，順便被婊。 ──與@丁威仁在冥王星教育大學分部。	買便當遇到同學哈啦兩句，動作太慢，結果被婊。 ──與@丁威仁、@kuo-en Hong在冥王星教育大學分部。	
星期四	序給老師看到，立馬被婊Q＿＿＿＿Q。	因為睡過頭，沒來得及開研究室大門，所以被婊。 ──與@丁威仁、@kuo-en Hong在冥王星教育大學分部。	與老師吃飯，情路坎坷被婊。 ──與@丁威仁、@kuo-en Hong在冥王星小吃部。
星期五	打電話聯絡老師，老師不接，一直打了十幾通，還是不接。	接到老師電話，劈頭痛婊早上擾人清夢。	有重要事項忘了講，再度聯絡老師，被婊。
星期六		下台中，走錯前後站遲到，被婊。 ──與@丁威仁、@kuo-en Hong在冥王星大里總部。	打麻將相公、詐胡、連十拉十，被痛婊。 ──與@丁威仁、@kuo-en Hong在冥王星大里總部。
星期日	睡到老師叫不起來，被婊。 ──與@丁威仁、@kuo-en Hong在冥王星大里總部。	吃貢丸意麵，把貢丸內的香菇餡挑掉，被婊。 ──與@丁威仁、@kuo-en Hong在冥王星大里總部。	打電動打到來不及坐火車，多住一晚，被婊。 ──與@丁威仁、@kuo-en Hong在冥王星大里總部。

丁威仁《流光季節》評析
——論詩人落差的季節觀

窺詩社社長、新竹教育大學中文系四年級　洪國恩

前言

　　月份詩，代表的是一種以月份入詩的特殊詩歌形態，此月份可能是點名了時間，抑或是借代該時間之人事物。其實月分詩是其來有自的，我們可以推古觀今，從唐詩中李白〈子夜四時歌〉的詩句「鏡湖五百里，菡萏發荷花，五月西施采，人看隘若耶，回舟不待月，歸去越王家。」到「故人西辭黃鶴樓，煙花三月下揚州。」以致於清代洪昇的《長生殿》中名句：「七月七日長生殿，夜半無人私語時」。我們可以知道，其實月份詩比比皆是，但是在新詩的範疇裡，月份詩卻不常見，尤其從一而終，十二個月份都有書寫的月份詩，是相當罕見的。

　　丁師威仁新書《流光季節》中，予新詩的創作有相當高度的突破。對日記詩這種類型的新詩開創了另一個創新 —— 從月份著手。在每個月份中，有著每個月份的思想、情緒，也因為情緒，進而以不同的詞彙表達不同的想法。然而，雖說在新詩的範疇相當罕見，畢竟古即有之，有什麼特殊性呢？答案就是敘事

的方向。這本詩集很純粹地就是情詩集，也就是純粹地以感情貫串月份、純粹地從月份來線性述說愛情，這是從未有之的。

　　不僅如此，這對於研究其詩其人之關係，有莫大之幫助。單純而論，因為丁師威仁的詩量相當大，但卻往往並未針對某些事情，無法從單純一觀點用以貫串其詩，因此，此論的重要價值在於，研究其詩藉由他單純所謂情而書的詩，分析其感情脈絡、人與詩之關連性。

書籍名稱及目次剖析

　　在翻開扉頁時，首先應該注意到的是詩集名稱：《流光季節》。這是對這本詩集的方向所做最重要的註解。季節是一種隱喻，隱喻著人生是由一年一年所組成，而一年則是由四個季節交替而生，藉此可以表達人生的不同風景、人生的不同階段，更藉由此表達了「四時」所對應出的「生老病死」、「酸甜苦辣」，以及「喜怒哀樂」等等四種不同風貌的生活型態，而我們的人生就由此拼湊、但卻在此間也不斷徘徊。但季節在此真的代表著一種人生的迴返往復嗎?我想是不盡然的，應該說，就遠觀而言是可以如此說道，但就近觀而言則否，作者藉由將其間各個季節細分「萌芽的春季（三月至五月）」、「育成的夏季（六月至八月）」、「早熟的秋季（九月至十一月）」，以及「凋萎的冬季（十二月至二月）」，同於將季節在細分如同人生老病死一般，萌芽而後育成、育成而後熟、熟而後凋萎，將現實投射於季節，形成一個從概念名稱就開始隱喻、象徵的詩集，並且從後文觀之，這本詩集完全由愛情此一主軸貫串，是故隱喻著一段愛情的四季，由萌芽而始，凋萎而終。

　　再者，作者所藉由一個特殊的詞彙──「流光」。「流光」傳遞了什麼？先試分析「流光」，「流光」毫無疑問是一個形容詞，形容著代表四種不同風貌的生活型態、拼湊我們人生的「季節」。大抵可以追溯「流光」到曹氏兄弟及詩仙李白。曹丕在《濟川賦》中提到：「明珠灼灼而流光。」傳達出一種光彩奪目、色澤眩人的感覺，於此，則可以見於季節的燦爛性及多變性；而在曹植《七哀詩》中所謂：「明月照高樓，流光正徘徊。」直指月光的光彩流動，一如水波，可見到「流光」具有動態及靜態兩種性質；而李白《古風》更延伸出：「逝川與流光，飄忽不相待。」真切地表現「流光」與時間的關係，表示「流光」倏乎即逝，具有時間性。綜合上述，「流光」這個詞彙不僅表達空間上的色彩、時間上的倏乎即逝，更具有動與靜的特性。因此，我們可以設想作者想要表達的意義，絕對遠較我們現實面所看到的更為深層、豐富。因此，綜合「季節」做一個全面性的詮釋，代表著這裡的「季節」並不只是我們所經歷的四時，不是我們所忽視的十二個月，而是我們需要體會作者在其中所蘊含的空間性、時間性，以及動與靜，細細的反覆體會、反面透視，將浮在詩上的表面詞彙當成浮光掠影，而我們需要撥雲見日，才能體會作者所要傳遞給我們的細膩想法、想像。

　　接著，我們應該看到的是目次的部份。目次的編制很有意思、分類也相當的有所不同。其一，是初始月份並非一月，而是三月。簡單說來，其實這本書雖近似於傳統農民曆，也就是陰曆來當成判別，但仍有所不同，甚至於趨近於作者個人的想像。因為其實由立春始，接近於陽曆的二月初，就已經是春季了，一直到四月底才穀雨，近乎於夏。因此，與其說是以陰

曆分，不若說是以體感季節分。從三月開始，體感溫度逐漸感到溫暖，漸漸有春天的感覺，而二月則無，因此我會視此為作者的個性，刻意在小地方做文章，讓真能感覺春天之美的立春成為春之始；其二，篇幅數量明顯不均，春季遠多於夏季、秋季，以及冬季三者。我想這個理由應該相當顯而易見。如同白居易《賦得古原草送別》中說到的：「野火燒不盡，春風吹又生。」春天會讓人有旺盛的詩欲，如同新生的野草不斷地生長、萌芽。貝多芬小提琴奏鳴曲第5號《春》、愛德華・格里格《致春天》，以及羅伯特・舒曼交響曲第1號《春》等等多人更是以春天為名寫下許多千古流傳的名曲，代表著春天難以言喻的迷人。不僅如此，春天之眾而三季之寡更能代表著古代的對應四時之道「春耕、夏耘、秋收、冬藏」，春為生之始，作者想要表達這種對於生命的喜悅、面對新生的詩有著瞬息萬變的形容詞。

十二月份之連貫性與分析

終於進入正文。首先我們應該有一些先備的理解，面對的就是四季，由三月開始，由二月作結，這個特殊的、作者極度與眾不同的季節觀。自然，我們很好奇作者的各個月到底跟我們的有什麼歧異。首先，以春天為例，我們可以注意到作者對春天的定義－「萌芽」以及「三月至五月」；比方「夏天」則是「育成」及「六月到八月」，以此類推。另外，我們更應該注意作者對詩的命題，以至詩的內容、結構，如何側寫、描摹，從此推導至作者所思，以致能夠切合作者的想法，對於詩有更深一層次的見地。不僅如此，徹頭徹尾地讀過一次之後，

就會發現這是一本很單純、毫無其他目的性的純粹情詩集。

　　就讓我們從開始綜觀式的討論吧。大抵而言，月份詩分成有明顯連貫以及無明顯連貫，明顯連貫者由三月四月的連貫、以及五月延續到六月，而無明顯連貫者其後皆然。除此之外，我們可以很明白的看到，作者對於各個月份都是相當有其獨特的情緒，而在情緒之中又夾雜著矛盾，如同好的情緒以及壞的情緒展開攻防戰。三月就是一最好的例子，在書的一開始，作者是如此側寫三月的：「時已三月／空城揚起了微笑的風。」很明白的，作者對於三月的到來，或者可以說是春天的到來是有所期盼的，雖然前面數段有寫到「共振的憂鬱」也好、「因為孤獨」也好，總體意象以及情感是正向的、是包容的，色彩也是鮮明的。相較而下，一旦進了三月，卻發現三月是不同自己想像的：「三月的城，是箇擁有秘密的禁地」、「一本厚重的日記，更像三月的／海」，作者由城牆，推導到秘密，使得秘密感覺更為堅固難得。不僅如此，作者也用日記形容三月的海，更加強了前面三月的神祕形象。於是三月導致詩人起了迷霧，究竟三月是怎樣，不是如同想像般美嗎？不是想像中的春天之始嗎？於是作者開始有所矛盾，對三月也開始不信任：「而三月適合背叛。」、「而三月不適合專情。」三月因為固守了太多的神祕，導致作者開始覺得，三月像是背叛的人，而且是無法專情的人。於是作者在矛盾後開始歸納三月－「這即是蛻變／從繭中孵化一對翅膀／於新建的空城裡／跳自在的／舞」。由蛻變的翅膀，可以看出作者對三月的神祕已經解套，並且已經打開了秘密的城，於是可以在其中跳自在的舞。最後作者釋懷於三月，將三月一切都總結於詩－「玫瑰色的蠟燭，劃出一道潮濕／的弧線，火／旁若無人地裸身成 雨／這就是三

月」。這就是三月，作者如是說，由蠟燭的燭淚的特性推演至雨，作者想隱藏的是三月仍然悲傷的特性，刻意將淚隱瞞，而在情緒中著墨，這就是作者的三月。

　　而在四月，作者情緒的波動也是如斯，猶如激烈的攻防戰。「這是四月的第一首／情詩，紀念了／平交道上第一起／愛釀成的／災」面對四月，作者第一首詩便是較為情緒的字眼所拼湊的作品，不同於三月，面對四月的一開始不是驚奇、感到神祕，而是相當悲傷。因為是災，自然是有所損傷。而在平交道，代表釀災的主體為火車。因此我們可推論，這個災是如同火車一般的，正呼應了前面數段「我的憤怒像鐵道上輾過的／噪音，而妳卻變成／一隻野貓／舔食絕望的眼淚」，於是我們可以肯定噪音可能是導火線，而災的原因可能是第一段所敘「四月的第一首詩／上演了一則離齬之後的／愛情物語」。四月對詩人來說可能是較為恐懼、害怕的，詞彙也直接地反應於此，而相對於四月，三月對於作者就較為親切。「三月的霓虹失去了鑰匙／無法開啟四月的／門鎖」，所以四月對作者來說是一個禁錮，相較於三月的霓虹，作者又用另一種象徵提及四月「而四月卻保管著／三月未完的／夢」。至此我們可以了解，三月之於四月，三月猶如鎖上的日記本，記載許多的祕密而無法洩漏，四月則是那把鑰匙，悄悄地將他解鎖；或也可如此比擬，三月猶如城堡，四月是傳令開門的軍令狀。於是，在祕密全被敝漏後，只能選擇將自己陷入忙碌的漩渦：「時已四月，我像是工蜂依舊忙碌，採蜜／或是築巢…」。然而，情緒峰迴路轉，「而紅泥新砌的小爐，變成／我倆撲火的見證」，此處明顯引用了「綠螘新醅酒，紅泥小火爐」的典故，象徵著作者表達了某些事情的強烈決心。於是，「直到某年，我

輕拍著幾近／中年的額頭／執子微冷的手…」，詩人在此用了「執子之手，與子偕老」的典故，藉由前後串連，可以得知這是對愛情的一份執著。在此，作者的心境又轉明亮，如同撥雲見日，一掃前面的不快。但可惜的是，這短暫的見日只是暴風雨前的寧靜，「四月最後一日的凌晨／我在大海裡落網，被帶刺的魚鉤／穿透了含在嘴邊的言語」，詩人藉由落網的魚穿透含在嘴邊的言語，形容自己既不善辯駁、也無法辯駁，只能任由沉默及哀傷洗禮，所以詩人說道：「我就把自己落成暴雨／在世界毀敗／之前」，藉由比擬暴雨，形容自己的痛楚加諸於人、也在墜落時加諸於己。

而春天萌芽的收尾，竟是春天裡所有月份中篇幅最小，短短的兩首詩。不僅如此，也是新的連貫的開始，詩人從天氣上開始綿延，「五月的呼吸／除了悶熱以外，只剩下暈眩的／空間。四分之三秒／我們擦肩而過」，詩人藉由生理的感受，直接用相處同一空間卻感到暈眩、擦肩而過來讓人理解兩人的惶恐，無論共同，或是各自。「然而，五月未完／你害怕皸裂的水面逐漸擴大／變成渦漩／而一切有關於沼澤吞沒／陸地的謠言／都是誤會」，因為都是誤會，但卻害怕誤會會更加擴大，於是只能選擇沉寂。所以，寫五月未完，是精神上的五月未完，其實實質上的五月已盡，已經如同漩渦，被沼澤吞沒。

五月的精神被蔓延到六月，六月一開始，雖然是新的季節，但卻承接著五月。「五月的尾音相當逞強／不願預告／六月演出的曲目」，表示五月以及六月像是一本精心設計的小說，讀第二遍卻有著不同的啟發，詩人說道：「六月總是熱／我們相約在陽光底下／學習新的熟稔」從熱之一詞可以連貫上五月的悶熱，代表六月與五月的本質上是相同的，然而，卻需

要學習新的熟稔，代表六月和五月是同中有異。「聆聽六月突來的雨聲／我們分食彼此／的委屈，以及憤怒中濺出的／口沫，卻不願沉默」，詩人想要表達一種綿延的情感，或者可以說是綿延後變質的情感，藉由分食委屈，代表兩人都沒有錯誤，到憤怒的唾沫，但兩人都不願意傾聽彼此的聲音，只求表達自己的意見，因此，連回三月，我們發現三到六月其實是一系列的詩，所以詩人說：「無糖的六月，是陽光不肯認輸的／日子，我牽住三月的妳，於六月的瓶／身降落，展開相擁的幅度…」，可以算是某部分的祈禱，從牽住三月的妳，一直到相擁的幅度，詩人希望可以結束中間四月、五月的齟齬，到六月再度和平，是故詩人寫到：「像座無光的／山，逼迫每一隻白鴿／都必須越過雲朵」，白鴿象徵和平，而山有著穩重的意象，雲在山邊，總是成為山嵐，簇擁著山；再者，雲與山並不會有直接的碰撞，作者藉此隱喻表達自己企圖和平的決心。

　　面對七月，我想，讀者可以當成是面對一個看似陳年老酒般的嶄新開始。「七月之前／我們曾一起哭泣／在一個微風揚起的早晨／我們吻遍彼此的姓名／以高音／或者低音的絮語」，詩人在此強調著七月之前，代表著到了七月，一切的生活就全部走樣，原先感情趨於穩定，雖無法預測到底這幾句是以謾罵的角度說明兩人的七月之前，或是七月之前兩人關係良好，但是我們可知道七月確然是一個轉承期。「每一句詩與每一個字／彼此摩擦，升高我們的體溫」，詩人在此敘述著摩擦之間，升高的體溫代表著憤怒、以及性，或者可能是逐漸加溫的感情，我們無法妄自臆測。但同詩末段，卻出現「而記憶與苦難早已被吊走／只剩下孩子的喜樂／現在，妳捧起了我們的心跳／以及歌聲」，我們可以見得詩人的感情逐漸地加溫。所

以，詩人寫下「如果，我們可以一起在水邊葬花／愛就會出現一個永恆的／偏旁…」，從黛玉葬花，到永恆的愛，詩人似乎想發一個近乎鏡花水月的、感性的誓言。在此，七月似乎又成了攻防戰激烈的戰場，七月的情緒急轉直下，「然後我變成了一件早已破損的／上衣，解凍後的白色冰河／像是眼淚」，用冰河緩緩滑落象徵眼淚，更以白象徵純潔，破損的上衣在冰河中感到徹骨的寒冷，但卻只能由作者的愛人填補…

　　然而，作者以為的轉成期之後，實質上仍是不變的。「妳知道嗎，七月演化到了八月／冰雪就在遠方／開始結霜」，面對這段，我們首先應該注意的是詞彙上的陳述。其一是演化。代表著七月到八月有一個關連性、延續性，或者說是一個傳承關係，因為涉及歷史觀點問題，故我們無法知道作者在這裡要表達的演化是進化抑或是退化；其二是遠方。遠方，一個看似簡單的詞彙，但其是意義深刻。遠方不代表前方，也就是沒有鎖定時間，當然就不一定代表未來。但在這裡，空間的答案是可以否定的。遠方一定是在詩人生命這條時間軸上的過去或是未來，或是空間上的一點。或是我們可以換個角度想，若是遠方不只一個呢？於是，便出現了第四種可能性：時間軸的兩端。首先，我以為，空間上的一點可以直接刪去，因為前面串連著七月到八月的演化。其次，舉例來說，五月天在PARADISE歌中唱到：「遠方，有一個地方，那裏有著我們的夢想」，而S.H.E在遠方一歌中也唱到：「北方南方，某個遠方，一定有座，愛情天堂。」所以我們可以知道遠方所代表的含意基本上就是一個快樂的、明亮的、有未來性的地方，然而詩人卻用了結霜一詞。結霜，水氣在溫度很低時，一種凝華現象。嚴寒的冬天清晨，戶外植物上通常會結霜。霜又令人想到而十四節氣

中的霜降，但霜降是在每年陽曆十月二十三左右出現，為何在詩人筆下卻以八月之姿出現？首先，我們可以推論一件事，結霜在此事代表著夢想的凍結，但這個凍結是短暫的，雖具有破壞力，但不如冰或凍如此絕對的感覺，所以不稱之為結凍或是結冰；其次，我們要認知到一件事，詩人對於時間是相當斤斤計較的，在前文可以探知，絕不容出現如此低俗的錯誤，所以我們必須用重新審視的角度去看這件事情。其實想法很簡單，以反向推論即可得之，既然不是詩人會穿越時空去到霜降，霜降也不會穿越時空來找詩人。也就是說詩人是一固定時間，而霜降又是一固定時間，則中間的時間必然與平時相異，也就是詩人內心提早進入霜降，由此可知詩人認為未來是凍結的。而順著前面的語意，七月以前詩人認為是互動良好的，七月詩人則認為是轉承期，而八月又提早進入霜降，代表感情問題漸趨惡化，甚至即期看來雖有希望（因為結霜是短暫），雖沒有說的很絕對，但其實卻是遙遙無期。

　　九月，進入了一個嶄新的季節－秋季。九月的情形卻像是斷點，沒有特別與八月連結、或是與其他月份連結的部份。但是很明白地，九月透露一種早熟的悲哀，以及悲傷的無奈。詩人說道：「他們說上了發條的橘子／就可以躲開／暴力／就可以不必流下容易變酸的／幾滴眼淚」，有趣的詞彙在於發條，發條是特有於人造、機械事物的，而上了發條之後，該物會自動地做某一些重複的事情，比如音樂盒、比如機器人等等。所以很明白地，詩人在傳遞一種顯而易見的消息，也就是發條人生，我們不斷地做各種重複的事情，重複悲傷、重複開心、重複看著電影，甚至重複數對方的眼淚。而另外可以側重於這裡面另一個鮮明的意象：橘子。詩人在同詩後段寫道：「因此我

帶著一箇裸身的橘子流浪／秋季越來越近／城市裡／充滿各種顏色的潰瘍」。共通點在橘子，橘子的代表就是酸，從皮到肉無一不是，令人本能地感覺到酸，雖然農改後變得很甜，但是那仍是一個直覺式的記憶。

　　十月才是看起來最大的轉折，猶如谷底反彈一般，十月被覆蓋著最多的溫柔。承接著九月「我發現妳的腳步被階梯困住／每一步聲響／都與時間擦身而過」，生活仍是迴返往復，但卻有一點點的不同。詩人如此說道：「妳牽著我的雙手如水母漂浮／想洗淨／記憶中每一朵花瓣的塵污」、「妳以手溫餵食我的髮尾／尤其是那一撮記錄」，詩人與妳兩人在此開始有了比較頻繁且親密的互動，無論是前者的牽著手，或者是後者詩人被輕撫著頭髮皆然。在此詩人用幾個淺而易見的詞彙表達了一種簡單的幸福。記錄、記憶中每一朵花瓣的塵污都是象徵著過去的種種。花，代表著一種色彩繽紛的意象，而詩人卻反向地採其塵污，也就是花瓣反面的意象，代表著過去終究是歷史，終究會褪色，終究只是一個名詞，也是痛苦的記憶，需要被洗淨…

　　關於十一月的描述，只有很明確的一首詩當成指標──十一月又再度陷入了谷底。詩人說道：「妳聽不見我的胸口垂掛妳的心跳／我醒目的語言，從地底伸出暴力的手／退還妳原始的想像／那些愛，或者無愛的歎息／都變成了迷宮裡錯置的指標」。值得注意的是醒目的言語。為何言語是醒目的呢？代表在詩人眼中，她的每一句話語都是值得反覆咀嚼、有如指標一般，縱然在一個如同迷宮的地方，也毫不猶豫地寧可粉身碎骨也要奉命而為之。所以，縱然詩人知道這是錯誤的、是迷宮中錯置的指標，將會益發迷路，詩人也寧死不悔。而心跳當成

冒險者通常會在胸口、脖子上掛著的指南針，意思很明白，就是將所有她覺得開心的事情、不開心的事情，全部當成自己進退的依據。

　　十二月是一個凋萎的季節。「我面向迎風的高塔／把自己挺成一座聖城的／哭牆」，詩人再次用著一個反面的意象，如同十月所訴說的「每一朵花瓣的塵污」，聖城裡，卻恰恰點出哭牆。我們可以由詩的脈絡得知，高塔是可以看的更遠、並且有著遮蔽一切的意思，代表著堅強與保護，當然也不否認有武裝的意思；而聖城是代表著神聖、潔淨的聖地，之所以不用聖地相同的是要表現出一種武力的剛強、堅強；然而詩人卻在此峰迴路轉，用了哭牆。哭牆，就是西牆，是位於耶路撒冷古城內聖殿的殘存古城牆，是猶太人的聖地，據說上帝曾經在此居住。而哭牆的原典是代表其因為猶太人收復失去的聖地，喜極而泣，但詩人在此直指哭牆最原始、最字面的意思，就是哭泣，也就是以淚水塗成的牆。甚至我們可以說聖城與高塔這兩者都是代表著一種男性的陽剛權威，代表著一種武力的霸權，則哭牆則是在男性權威下的悲歌，可舉例為所有人都將男性視為剛強，但其實心理仍會有一塊脆弱之處，只是表面剛強罷了。不僅如此，在平時外在表現出剛強，卻在特殊時刻出現柔弱這個反差，猶如分數上由正一百掉到負一百，有著絕對值兩百的差距，比之女性像零到負一百，更令人不自禁感到悲哀、動容。除此之外，在此刻意順著十月的脈絡一脈相承，但是卻感情迥異。詩人在小詩中寫道：「∵／∴／≒」，這是一個數學的符號，卻也簡潔有力的代表詩人的心境。第一個符號代表著因為、第二個符號則是代表所以、最後一個符號則代表大約等於。詩人很確切的將對話的內容結構化，不斷地重複著

空洞、迴圈的鬼打牆對話，情緒上面也代表著悲哀以及憤怒：
「因為何事、所以如何」，所以結論就是兩個人雖然看似相當
的相似（大約等於），但悲哀的是並不是相等，而是僅僅幾近
相等，全等與大約等於之間，這微小的差異在兩人間逐漸展
現，像一道龜裂的痕跡，逐漸地蔓延。

　　一月，兩人的感情已經降到冰點。詩人直接性地說到：
「這個世界最深的恐懼就是妳離去」，用一種近似於乞憐的形
式訴說，他最後的乞求就是愛人不要拋棄他、離他而去。「雜
草上落滿了／脆弱的、急躁的、傲慢的／比我的淒涼還脫序
的」，這草草數行，字裡行間卻代表著詩人的惶恐以及不安，
出現了因為脆弱，所以急躁、傲慢，大約等於淒涼，可以直接
性地連結到十二月的三個數學符號，代表是由十二月的谷底，
在更向下墜落更深的谷底。但詩人用一首詩道出無怨無悔、近
乎誓言的愛，在〈一月‧隱題〉中說道：

> 妳是我的玄關，盪漾著金色的流蘇
>
> 確實把寒冬關在天窗之外，冷已凝結於遠方廣場
>
> 是鴿子，一排白色的雲朵俯臥，像海浪
>
> 我們以一朵花開落的速度，繫住彼此掌紋
>
> 這竟是如此匆促，妳踩過的露滴變成一
>
> 輩子芒草綁住的月色，頃刻或者偶然
>
> 子夜時，我是驛站，在邊界以破碎的屋瓦待客
>
> 最後被突來的塵沙裱褙，遺失旅人背包裡的
>
> 愛情，而妳卻把記憶揉成絲線，編織著一條禦寒
>
> 的落葉，作為我脖頸的領巾，而藤蔓纏繞
>
> 人影，於流蘇的縫隙，風吹出了沙啞的弦音…

　　隱題詩，就是將題旨、題目本身隱藏於每個分行的第一個字。毫無疑問，詩人所要訴說的就是妳確是我這輩子最愛的人，我們可以注意到，詩人用了「確是」二字，代表這是一個幾乎是誓言的隱題詩。但是請注意，有一個需要特別留意的事情，就是在寫這首詩之前發生的狀況。我們可以大膽地假設，在寫這首詩之前，可能發生了詩人可能有在在的追求者，或是對於詩人的前愛人，現在的愛人感到嫉妒的狀況，前者機會較低，但後者為何無緣無故，在經歷了那麼久的時間之後，才突然地爆發呢？只能猜測例如發生找到詩人給予前愛人的物品、或是詩等等。於是我們肯定，在寫這首詩之前，必然有部分的齟齬、猜忌，以及懷疑，因此，詩人才寫出諸如誓言般的詩。綜合以上兩首詩，我們可以直線性的推測，詩人因為愛人的嫉妒，要脅分手，而詩人不願意失去愛人，因此寫了兩首剛好代表著兩種常被用以解決問題的方式：發誓以及乞憐。我們也可以確切地知道，詩人在此，感情確然是降到了前所未有的冰點。

　　最後的二月，也是寒冬中最寒冷的希望。詩人說著：「然後，我們的目光逐漸平行／在極地裡一個／國度」、「如今，黑暗已從我手掌的／版圖過境」，前者是說終於對於未來有了共識，而後者似乎是說絕望已經悄然離去。但真實的意思真是如此嗎？我們可以由字裡行間研判，這是詩人的希望、想像，而不是真正達成的事情。為何我們可以如此斷言？其一，是詞彙上的運用，詩人在平行後兩句補述了「在極地裡一個／國度」，為何用的是極地，面臨著將來臨的春天，卻用了極地，代表實際所見的未來仍是極地，一切皆於想像；其次是後面的詩說道：「每一次，都渴望／體溫形成暖流，以及／渴望某日

妳能無夢／沉睡」。先注意幾個名詞暖流，以及無夢。暖流來說，詩人希望暖流是由體溫形成，請注意在這裡並沒有主詞以及受詞，所以是「誰渴望誰的體溫形成暖流（對誰做何事）」。這是我們首先面對的問題，自然這是一本情詩集，所以主詞受詞都可以試帶入三種：妳、我、我們。帶入結果後，可能是「我」都渴望／「妳的」體溫形成暖流；或是「我們」都渴望／「我們的」體溫形成暖流，兩者差異在於是互相的還是是單向的關係。另外，暖流有其特性，一者是流通性，二者是自動性，三者是降雨及帶來溫暖。因此我們可知道，詩人的期待是彼此的體溫、想法互相流通，且不是刻意的。此外，夢代表著潛意識，《佛洛依德》在夢的解析一書中說道：「每個夢都顯示一種心理結構，充滿了意義，並且與清醒狀態時精神活動的特定部位有所聯繫。」其中更提到許多外在行為潛藏的性與暴力，詩人希望其愛人能夠無需煩惱這些，一切由他擔當扛起。但是，天不從人願，在最後詩人說道：「我卻有如盲人／綁不住她擱淺的／調音」，代表了終究是勉強的，就像自己盲目地想要控制住、抓住音樂一般，代表這一切都只是幻想，終究只會剩下絕望。

結語

　　通篇的詩其實是一整年的攻防戰，而攻防戰的起源就是矛盾，但我們藉由詩人本身所寫下的詩，只能看到詩人本身的矛盾，內心的矛盾、生命的矛盾，抉擇於「相信希望」與「面對絕望」之間，於是矛盾產生了如下暗棋一般，互相逼迫對方、不斷將軍的奇妙情勢，當然，也有順風地一路壓迫的形式，譬

如被悲傷或快樂控制的偶一為之。其實這就是所謂的相對性，只是是從心理層面而非從物理學相對論、地理相對位置等其他層面為之。然大部分的時間情緒都是較為中和的，所以詩中自然也有這種類似於攻防戰的辨正式詞彙，情緒一來一往，煞是精采。

　　然而，隨著詩人的感情逐漸昇溫、以及降到冰點，我們可以藉由外在天氣的條件相較之。不僅如此，我們從攻防戰中，可以看到詩人在各個月份上，與其愛人的感情冷暖度；此外，我們將各個月份的氣溫相互對照，試圖推導詩人的情感月份與生活環境所存月分之異同。試以下圖呈現之：

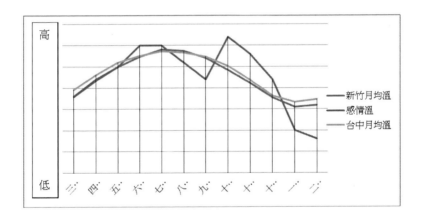

　　圖中所列兩的的氣溫，一為新竹，一為台中。一者為作者工作之地點，而另一者為詩人居住之地點，兩者皆為詩人長時間所在之地。從三月開始，氣溫便逐漸回暖，我們可以看到，一開始詩人的感情是猶如氣溫一般，穩定的上升，縱使中間有些波動，也不影響感情的升溫。自然，在各個月份有其升溫幅度的多寡，但是藉由曲線圖無法詳盡的示意，但我們仍能清楚

的看到，伴隨著氣溫的升高，詩人與其愛人之感情也在六月及七月達到了一個高峰。然而，七月是一個轉承期，過了七月之後，八月開始，感情就逐漸降溫，從感情開始結霜，到九月之後，感情酸澀如橘子。但十月如同曇花一現，驟然的回溫，有了比較頻繁且親密的互動，並且達到前所未有的另一波高峰。但是，物極必反、合久必分，十一月開始，兩個人的感情就一直跌落谷底，較之於氣溫更是節節下降，從十一月開始，詩人意識到兩人現在的行為模式像是在迷宮之中錯置的路標，於是詩人解構兩人之相處模式，在十二月寫下「∵／∴／≒」的短詩，輕易道盡兩人之間看似微小的差異，卻蔓延出一道逐漸擴大的鴻溝。所以最後，詩人在一月發了誓，試圖乞憐愛人的感情，但終究在二月陷入絕望之中。

　　所以由上述我們可以看出，大抵詩人的愛情季節是夏天更為熾熱，而冬天更為寒凍。但是，詩人的愛情季節與生活所處環境季節相異，是有著相當的起伏波動的，非一個相當順暢的弧線，而是一個層巒疊嶂、起伏崎嶇的折線。因此我們可以推論，詩人的愛情季節與詩人所處的環境季節是有著相當大的落差的。

讀詩人27　PG0838

 流光季節

作　　者	丁威仁
責任編輯	王奕文
圖文排版	彭君如
封面設計	陳佩蓉

出版策劃　釀出版
製作發行　秀威資訊科技股份有限公司
　　　　　114 台北市內湖區瑞光路76巷65號1樓
　　　　　電話：+886-2-2796-3638　傳真：+886-2-2796-1377
　　　　　服務信箱：service@showwe.com.tw
　　　　　http://www.showwe.com.tw
郵政劃撥　19563868　戶名：秀威資訊科技股份有限公司
展售門市　國家書店【松江門市】
　　　　　104 台北市中山區松江路209號1樓
　　　　　電話：+886-2-2518-0207　傳真：+886-2-2518-0778
網路訂購　秀威網路書店：http://www.bodbooks.com.tw
　　　　　國家網路書店：http://www.govbooks.com.tw
法律顧問　毛國樑　律師
總 經 銷　聯合發行股份有限公司
　　　　　231新北市新店區寶橋路235巷6弄6號4F
　　　　　電話：+886-2-2917-8022　傳真：+886-2-2915-6275

出版日期　2012年12月　BOD一版
定　　價　250元

國家圖書館出版品預行編目

流光季節 / 丁威仁著. -- 一版. -- 臺北市：釀出版,
 2012.12
　　面；　公分. --（語言文學類；PG0838）
 BOD版
 ISBN　978-986-5976-84-2（平裝）

851.486　　　　　　　　　　　　　101020943

讀 者 回 函 卡

感謝您購買本書，為提升服務品質，請填妥以下資料，將讀者回函卡直接寄回或傳真本公司，收到您的寶貴意見後，我們會收藏記錄及檢討，謝謝！如您需要了解本公司最新出版書目、購書優惠或企劃活動，歡迎您上網查詢或下載相關資料：http:// www.showwe.com.tw

您購買的書名：_____

出生日期：_____年_____月_____日

學歷：□高中 (含) 以下　　□大專　　□研究所 (含) 以上

職業：□製造業　□金融業　□資訊業　□軍警　□傳播業　□自由業
　　　□服務業　□公務員　□教職　　□學生　□家管　　□其它_____

購書地點：□網路書店　□實體書店　□書展　□郵購　□贈閱　□其他

您從何得知本書的消息？

　　□網路書店　□實體書店　□網路搜尋　□電子報　□書訊　□雜誌
　　□傳播媒體　□親友推薦　□網站推薦　□部落格　□其他_____

您對本書的評價：(請填代號　1.非常滿意　2.滿意　3.尚可　4.再改進)

　　封面設計____　版面編排____　內容____　文／譯筆____　價格____

讀完書後您覺得：

　　□很有收穫　□有收穫　□收穫不多　□沒收穫

對我們的建議：_____

_____

_____

_____

11466
台北市內湖區瑞光路 76 巷 65 號 1 樓
秀威資訊科技股份有限公司　　　收
　　　　　　BOD 數位出版事業部

....

（請沿線對折寄回，謝謝！）

姓　　名：＿＿＿＿＿＿＿＿＿＿　年齡：＿＿＿＿　性別：□女　□男

郵遞區號：□□□□□

地　　址：＿＿＿＿＿＿＿＿＿＿＿＿＿＿＿＿＿＿＿＿＿＿＿＿

聯絡電話：(日) ＿＿＿＿＿＿＿＿＿＿＿　(夜) ＿＿＿＿＿＿＿＿＿＿＿

E-mail：＿＿＿＿＿＿＿＿＿＿＿＿＿＿＿＿＿＿＿＿＿＿＿＿＿